DE ANA

Ángel Quesada Valera

DE ANA

© Ángel Quesada Valera

Diciembre 2025

ISBN papel: 978-84-685-9347-0

Editado por Bubok Publishing S.L. equipo@bubok.com

Tel: 912904490

Paseo de las Delicias, 23

28045 Madrid © 2025 John Breiner Clavijo Yepes

Todos los derechos reservados.

ÍNDICE

A todas las víctimas de la riada de Valencia de 2024 que vivieron con impotencia y desesperación cómo la vida se truncaba en apenas unas horas.

PRÓLOGO

Después de dar por terminada la trilogía temática de la literatura y tras un descanso intentando encontrar una excusa para sentarme de nuevo a escribir, me doy cuenta de que lo ocurrido la tarde del 29 de octubre en la provincia de Valencia bien puede proporcionarme una excelente justificación para volver al teclado y a la ficción literaria. La cuestión es que se trata de un proceso en construcción; reconozco que poco a poco va asaltándome la inspiración y que estoy abierto a todo lo que vaya encontrándome por el camino de la escritura.

Un completo reportaje sobre diez voluntarios, que trabajaron durante los posteriores días de las inundaciones, es el que he elegido para iniciar esta nueva aventura. Son diez testimonios publicados en Libertad Digital por el periodista Javier Arias apenas dos semanas después de la tragedia y leyéndolos reconozco que cualquiera de los diez ofrece un magnífico potencial para escribir una nueva historia. De igual forma, me va a prestar una enorme ayuda el documental del mismo medio titulado "*20:11*", gracias al cual he podido recoger numerosos testimonios reales de la catástrofe.

El asunto es cuál y cómo y para eso me inspiro en mi valorado libro de texto de 2º Bachillerato de la editorial Oxford, el cual utilicé durante bastantes años y que considero más completo que otras editoriales. Recuerdo que, en el apartado dedicado a los subgéneros de la narrativa actual, el crítico Santos Alonso presenta un gran número de ellos y con características bien distintas; así que, si dispongo de historias que contar y formas para narrarlas, sólo me falta la predisposición para sentarme con el ordenador y el cuaderno de notas y comenzar este nuevo viaje.

Me encuentro en mi *santuario literario* que igual conocéis de otras lecturas y con el continuo sonido de la lluvia del exterior, inicio este recorrido en los primeros días del 2025.

Además de esta breve justificación, únicamente me falta decantarme por un subgénero y creo que por lógica tiene que ser aquel en el que el autor se mezcla a la manera de un juego con el narrador y la obra en sí misma se convierte en el móvil de la trama, pero no me enrollo más y os dejo con el primer capítulo.

1°) METANOVELA

Todo proceso de escritura necesita una serie de ingredientes que van apareciendo lentamente y que te seducen de tal manera, que ves necesario contarlos y darles salida; se trata de ofrecerles una salida literaria o como en otras ocasiones he dicho, se trata de jugar con ellos, como si fueran piezas de un puzle por construir. De los diez testimonios, me decanto por el de Ana y Jaime, dos auténticos héroes que merecen ser protagonistas de este capítulo.

Sobre la fecha y la localización tengo pocas dudas, ya que aquella dramática tarde del pasado 29 de octubre nos va a acompañar de manera reiterada. El lugar es Paiporta, localidad difícilmente reconocible antes de la Dana y trágicamente conocida a partir de ella.

Bueno, pues con estos pequeños ingredientes de dos personajes, una población devastada y una fecha, vamos a dejarnos llevar por el poder de las palabras y el orden de la creación literaria.

¡Bienvenidos lectores a esta nueva aventura!

Ana es una joven viuda de apenas 30 años que se gana la vida con un humilde negocio en la Plaza de las Cortes Valencianas de Paiporta; se trata de un comercio de hostelería que ha ido modificando según las demandas de sus vecinos y clientes. Durante las mañanas, sirve de punto de encuentro para las madres que vienen de dejar a sus hijos en el colegio cercano y para los hombres jubilados es el sitio ideal donde además del primer café pueden encontrar la primera sonrisa de la apreciada Ana. A la hora del almuerzo, se transforma el pequeño bar en una sencilla casa de comidas con un menú ajustado para todo aquel que prefiere comer fuera de casa y para ello se vale de las recientes mesas y sillas que le ha proporcionado una conocida marca de horchata valenciana. Después de la paliza de las comidas y de recoger todo correctamente, el bar se convierte en una cafetería confortable para hacer tertulias, una buena música relajada y unos clientes fieles le han ido proporcionando cierta popularidad de establecimiento carismático de barrio. Cuando llega la medianoche, el cariño de los asiduos y el cansancio de la propia Ana suelen echar el cierre, no sin antes dejar todo preparado para un nuevo día. La rutina, más que en otra profesión, viene marcada por las necesidades de sus convecinos y conocidos; se trata de una actividad que elimina de un plumazo cualquier atisbo de ocio o entretenimiento personal.

Desde que se quedó viuda hace apenas cuatro años y tuvo que hacerse con las riendas del negocio de su difunto marido, Ana no ha dispuesto de tiempo para ella. Radiantemente joven y sensual antepone la supervivencia diaria y el cuidado de su hijo con espectro autista a cualquier posible cita que le permita reconducir su vida. No asiste a un cine o a una fiesta o a una celebración desde que falleciera su marido en un accidente de tráfico y tampoco las echa de menos, ya que las continuas necesidades de su hijo y del propio bar llenan todas las horas de su día.

Jorge, que es como se llama su hijo, ha cumplido los cinco años y durante su primer año en la etapa infantil, les aconsejaron a sus padres que visitaran al pediatra para que valorasen su trastorno evidente en la comunicación; sus movimientos compulsivos y continuos y sus silencios prolongados eran unos síntomas que ya conocían las maestras de infantil del Colegio Ausias March. Las pruebas y las consultas de especialistas confirmaron a los padres un trastorno de espectro autista y, desde ese momento, tuvo una atención más individualizada en la escuela y en casa. Su comportamiento era absolutamente encantador y cariñoso con profesores y padres, aunque siempre a su manera, con gestos y miradas, con besos y abrazos y apenas pronunciaba palabras sueltas que dificultaron la relación con los adultos en esos primeros años.

No obstante, el diagnóstico y estudio temprano facilitaron el trato con los demás y sólo el trauma familiar del fallecimiento de su padre vino a acentuar su aislamiento verbal. Ana, una vez superado el luto a base de trabajo y dedicación exclusiva a su hijo, se centró en su bar y en la relación con los profesores de Jorge. No había otro interés ni objetivo en su entretenida rutina diaria; aprovechaba los momentos de menor atención en la cafetería para ver las tareas y los ejercicios que Jorge había hecho en clase. Gracias a la comunicación por plataforma escolar, estaba en contacto directo con el colegio y anteponía la formación de su hijo o la atención en la cafetería a cualquier otro objetivo personal.

Incluso otros matrimonios conocidos y amigas de su juventud habían renunciado hacía tiempo a intentar sacarla de su dura rutina y la mayoría de las veces solían quedar en su establecimiento para estar cerca de ella y de sus preocupaciones. Pues bien, el fatídico y conocido 29 de octubre de 2024, Ana levantó la persiana del bar a las 7:30 de la mañana como hacía siempre y llovía de una manera pertinaz. Mientras evitaba que sillas y mesas del exterior se mojaran, puso las noticias del canal autonómico para ver la predicción meteorológica del día. Empezaron a llegar los primeros clientes a tomar su primer café y la conversación giraba en torno a lo mismo, las lluvias torrenciales que se esperaban toda la jornada. La carga y descarga de los pedidos fue hecha con enorme complicación, pues la lluvia no paraba y entorpecía la difícil labor de Ana de acomodar todos los productos en las dimensiones reducidas del establecimiento; en algunas ocasiones los propios clientes fieles le habían echado una mano, actitud que ella agradecía no sólo de palabra, sino con un nuevo café invitación de la casa.

Como el colegio se encontraba cruzando la calle, Ana aprovechaba para llevar a Jorge y saludar brevemente a su maestra Almudena, tutora del grupo de infantil de cinco años. Esa mañana la maestra le había advertido que había habido padres que no habían llevado a sus hijos a clase por precaución y por temor a que las lluvias fueran todavía más virulentas. Ambas se despidieron con el compromiso de recoger a Jorge si la cosa se ponía fea.

Los días lluviosos tenían una rutina diferente, ya que la terraza perdía su protagonismo y la vida del bar cargaba de condensación y humedad el interior hasta el punto de que apenas se veía el exterior como consecuencia de las ventanas empañadas. No vayáis a pensar que se convertía en un tugurio de barriada descuidado, pero sí hay que reconocer que el ruido campaba a sus anchas y se apoderaba del comportamiento de sus clientes. Ana lo pensaba, pero no se atrevía a llamar la atención sobre el volumen de voz si quería escuchar alguna actualización del tiempo.

Después de los desayunos, el cielo empezó a quebrarse en imponentes truenos y la oscuridad obligaba a encender las luces a mediodía. Las continuas obligaciones y tareas le impedían valorar la situación y como no salía no se daba cuenta de que la plaza se estaba empezando a encharcar de forma generalizada. Los clientes asiduos evitaban quedarse al almuerzo o la comida, pues preferían volverse a casa para refugiarse.

Eran las 14:00 y apenas contaba con seis clientes repartidos en tres mesas, pero la preocupación no se encontraba dentro del bar, sino fuera, ya que el último en entrar, un cartero de la zona que se encontraba totalmente calado, llegó a decirle a Ana que la alcaldesa de Paiporta había recomendado que se recogiera a los hijos de las escuelas ante las lluvias torrenciales que se aproximaban esa misma tarde. Cogió el móvil y llamó a su querida vecina Sofía, que estaba para cualquier emergencia y con la que tenía una relación de amistad y confianza. Sofía fue a recoger a Jorge al colegio y tranquilizó a Ana, diciéndole que iba a preparar una tarde de juegos y televisión tanto a Jorge como a sus dos hijos.

La sensación era de alerta y preocupación, aunque en su fuero interno estaba convencida de que las lluvias irían cesando paulatinamente, como en tantas ocasiones anteriores. Recordó brevemente, mientras servía las pocas mesas, cómo habían ido cambiando los meteorólogos las denominaciones de los diluvios: "*bajas presiones, frente, borrasca, gota fría o las recientes tren de borrascas, ciclogénesis explosiva o dana*".

La tertulia institucionalizada del café se había suspendido debido a las inclemencias del tiempo y Ana tenía abierto el bar por su sentido de responsabilidad, ya que su mente se encontraba en su casa con su hijo. Eran las 16:00 y únicamente quedaban dos clientes más perdidos que otra cosa; uno de ellos era un electricista que había tenido que posponer su reparación y al que le daba miedo coger el coche en esas circunstancias y el otro era el sempiterno Tonet, que pasaba más horas en el bar que en su propia casa, ya que como vivía solo y era bastante mayor encontraba en Ana compañía y a veces conversación.

Las intervenciones de los tres eran breves y monotemáticas; simplemente se preguntaban cuál era el mejor momento para marcharse a casa, a lo que Ana añadía que cerraría según se fueran. Las calles que se encontraban a la vista estaban solitarias y los charcos de la plaza se empezaban a convertir en pequeñas lagunas; eran las 17:00 de la tarde y la noche se había apoderado de Paiporta.

De vez en cuando, veían algún que otro coche circular con enorme dificultad y con altísimas olas de agua a su paso; los tres comentaban la imprudencia de esos conductores y tanto Tonet como Ana calmaban al temeroso electricista, quien vivía en Valencia capital, pero que no se atrevía a circular con el coche bajo esa lluvia. El canal autonómico emitía exclusivamente noticias de primeras inundaciones y advertencias a la población y el foco de interés en ese momento de la tarde se hallaba en la cercana presa de Forata, absolutamente llena y con riesgo de desbordamiento. El exceso de noticias en tan poco tiempo provocó en nuestros tres aislados personajes un temor creciente hasta el punto de que la propia Ana ofreció su casa como refugio para los dos clientes. Ambos agradecieron el detalle y ayudaron a Ana a echar el cierre y abandonar el local tal y como estaba; en la misma puerta del bar se despidieron y tomaron direcciones distintas.

Como Ana vivía cruzando la plaza, no le costó demasiado salvar la gran laguna en que se había convertido la calzada, aunque en un par de ocasiones casi perdió el equilibrio, ya que el agua empezaba a adquirir caudal y velocidad. Cuando entró por el portal de su edificio, sintió el alivio de llegar a casa y abrazar a su hijo Jorge, quien jugaba y sonreía en casa de la vecina, sin ser consciente de lo que se aproximaba.

No quiero dejar de lado mi labor de narrador, pero les tengo que reconocer que según escribo estas palabras, siento necesidad de proteger a mis personajes. En fin, que sigo contándoles, porque al pequeño Jorge le sorprendió el fuerte abrazo que le dio su madre Ana y le señalaba los pantalones empapados y la chaqueta mojada. Como estaba deseando llegar a casa y secarse, disculpó su presencia a su vecina Sofía, le agradeció la atención y tras una breve conversación sobre el cariz preocupante en que estaban desarrollándose los acontecimientos, madre e hijo bajaron a su vivienda que se encontraba en la entreplanta. No era un piso bajo, pero se encontraba a un escaso metro de la altura de la calle y lo había conseguido con mucho esfuerzo nada más casarse con su malogrado marido. Un saloncito luminoso y exterior, dos pequeños dormitorios, un cuarto de baño y una diminuta cocina integraban el hogar de Ana y su hijo Jorge. No les hacía falta mucho más y gracias a ciertas ayudas familiares y al seguro de vida, Ana lo tenía prácticamente pagado. Se entraba al piso desde un lateral del portal y antes de acceder a las escaleras del resto de las viviendas y, si me permiten especular un poco sobre su función original, se trataba del típico piso acondicionado para ser habitado por el conserje del edificio.

Según recuerdo esos instantes, me da apuro en narrar lo ocurrido y dejarme cosas trascendentales en el tintero, pero les tengo que decir que Ana, una vez seca y cambiada de ropa, se sentó junto a su hijo frente al televisor del salón para no despegar sus miradas de las noticias que iban llegando y con las que quitaba hierro al asunto para que Jorge no se asustara más de lo que ya estaba.

Su autismo se hacía más extremo en situaciones de agobio y estrés; de hecho, su alegría y expresividad había dado paso a un gesto irritado y cabizbajo, que auguraba lo peor. Los presentadores conectaban en directo con reporteros calados que tenían que abandonar su posición y refugiarse y la atención se centraba en la amenazante presa de Forata.

La tarde había dado paso a una noche cerrada, aunque no llegáramos todavía a las 19:00. En ese momento la voz de un vecino de piso superior advertía por el balcón de que el caudal de agua había superado la acera y que la calle bajaba como un río. Ana se asomó y se dio cuenta de que el agua se encontraba a escasos centímetros de penetrar por sus ventanas correderas.

Desconocía si iban a ser resistentes al agua, pero su preocupación se empezó a tornar en angustia nerviosa; mandó un par de mensajes de wasap a su amiga Sofía y a sus padres, que vivían en la capital Valencia, en los que no sólo describía la situación, sino que enviaba una foto del agua penetrando por los bajos de la ventana.

Empezaron madre e hijo colocando toallas a lo largo de la ventana, pero al ver que el remedio daba igual, decidieron traer el cubo y la fregona, creyendo que la cosa no iba a empeorar.

Pues, atentos lectores, les tengo que seguir contando, aunque me cueste emocionarme sobre los siguientes minutos, ya que en apenas 30 minutos el agua entraba de forma fluida y convertía el coqueto salón en una piscina que se iba llenando poco a poco. Ana no quería alarmar al pequeño Jorge ni a sus amigos y allegados, pero se veía desbordada por la cantidad de agua que seguía entrando. No les hizo falta subirse a los muebles para darse cuenta de que tenían que salir del piso cuanto antes y cuando se dirigió a la puerta de su vivienda, vio cómo entraba el agua igualmente por ella. Le mandó un último mensaje a su vecina Sofía de socorro y con su hijo Jorge a horcajadas se cogió cartera y móvil y prácticamente con lo puesto y con el agua a la altura de los tobillos, iniciaron la subida a la segunda planta, que es donde vivía su vecina. Una vez que habían alcanzado el descansillo de la entreplanta, vieron la verdadera dimensión de la tragedia que no había hecho nada más que empezar. Al entrar en el piso de Sofía, se fundió en un abrazo con su vecina cargado de significado, ya que tenía la certeza de que no volvería a ver su piso en regla.

Efectivamente, qué les puedo decir, que en el transcurso de apenas una hora el nivel del agua ascendió hasta los tres metros y por lo tanto su piso quedó totalmente inundado y con el mobiliario flotando o simplemente devastado. Todos los pisos a partir de la primera planta quedaron a salvo y desde ese instante Ana supo que una tragedia más venía a sumarse a la que ya había vivido.

Las noticias que llegaban por radio y televisión no eran esperanzadoras, cada vez eran más trágicas y apocalípticas; el temor al desbordamiento de la presa de Forata había dado paso al nuevo foco, que era el rápido ascenso y desbordamiento del barranco del Poyo. Los pocos vecinos del mismo, que habían podido compartir por las redes las imágenes en tiempo real, mostraban un caudal absolutamente irrefrenable y devastador a su paso: coches navegando descontroladamente, farolas y mobiliario urbano flotando caprichosamente a la deriva, personas subidas a los capós y pidiendo auxilio o primeros muros de viviendas de los márgenes del barranco que eran absorbidos como si fueran de arcilla.

En este momento de la narración, les tengo que confesar que debo parar de teclear, pues volver a recordar es volver a vivir y necesito distanciarme de mis personajes para tratarlos convenientemente. El hecho es que dejo a Ana y su hijo Jorge a salvo en el piso de su amiga y vecina Sofía, que son aproximadamente las 21:00 y me temo que lo peor está por llegar. Con el fin de alejarme un poco en todos los sentidos de lo que está ocurriendo en Paiporta, voy a presentarles al otro protagonista de nuestra historia.

Se trata del teniente de infantería don Jaime Colmado, que se encuentra de servicio en el Acuartelamiento Jaime I de Bétera, provincia de Valencia. Todos los militares destinados en dicho cuartel han sido movilizados desde primeras horas de la tarde y los pocos que estaban de permiso por diferentes razones han vuelto para ponerse a las órdenes del coronel al mando.

Nuestro teniente Jaime es un joven moreno y apuesto que desde pequeñito despertó la vocación militar y que, tras su paso por la academia de Zaragoza, había obtenido el cargo de teniente de infantería y su primer destino había sido éste donde se encontraba. Según avanzaba la tarde y las lluvias se volvían torrenciales, la mayoría de los militares sabía que serían movilizados en cualquier momento. Para ello siguieron todos los procedimientos para tener preparados los camiones y vehículos pesados del cuartel, junto con su equipo básico de intervención. No era su primera misión, ya que recientemente había vuelto de una misión como voluntario para la OTAN en una base de Letonia, pero sí iba a ser su primera misión en España. Aunque resultara sorprendente, Jaime estaba deseoso de que en cualquier instante el coronel diera la orden de salir hacia las localidades afectadas.

Y así fue como pasadas las 19:00 y con una lluvia persistente y tenaz, un par de camiones del cuartel salieron con destino Paiporta, ya que las noticias eran confusas y a la vez dramáticas. No le entraba en la cabeza al capitán al mando del destacamento de 40 soldados que le describieran un escenario de devastación total. Si apenas estamos a media hora y Bétera apenas tiene alguna alcantarilla desbordada, pensaba el incrédulo capitán.

No obstante, las órdenes eran tajantes y tenían que ver con la manera de restablecer los suministros de luz y gas y ayudar a los civiles que lo demandaran en alguna evacuación delicada. Y, si me permiten ustedes, voy a viajar literariamente a la mente de nuestro personaje, el teniente Colmado, porque está sentado junto al conductor del primer camión y es espectador de privilegio de una primera imagen que no olvidará en toda su vida.

Según pasaban la señal de entrada a la localidad, se dieron cuenta de que la luz se había ido en todo el pueblo; se valían de los potentes faros del camión para percibir la ausencia de personas en las primeras naves industriales, empresas mayoritariamente dedicadas al almacenamiento y distribución de productos cítricos. Si quedaba algún trabajador despistado en alguna de esas naves, desde luego no se percibía ninguna luz que lo identificara.

Siguieron avanzando hasta que vieron que el camión corría riesgo de ser tragado por las aguas virulentas; pararon en un margen de la calle principal donde una pequeña pendiente les servía para estar a salvo. Allí bajaron los 40 soldados y los cuatro mandos para iniciar el análisis del terreno y la situación; se desplegaron por diferentes calles y caminaban con todos los ojos puestos hacia el ruido atronador y violento que procedía del barranco del Poyo, verdadero eje vertebrador de la localidad que servía para presentar dos barrios claramente distanciados. Jaime iba de los primeros y casi llegó a una calle perpendicular al barranco para empezar a apreciar imágenes desoladoras que sólo había visto en películas apocalípticas.

El fuerte sonido de la lluvia torrencial y la velocidad del cauce del barranco le impedían escuchar otros sonidos como gritos de petición de auxilio, si bien lo poco que podía ver era evidente que estaba ante un espectáculo dantesco, cuya prioridad desde ese momento era la de salvar a cuantos más lo necesitaran. El cauce del barranco arrastraba de forma desordenada coches que flotaban o simplemente se sumergían dentro de las aguas; de hecho, pudo ver cómo alguno de esos vehículos iba ocupado por personas a las que no podía socorrer. Muebles, farolas, bancos, sillas, todo tipo de enseres y, sobre todo, ramas y árboles enteros bajaban apresuradamente para chocarse contra viviendas de los márgenes o simplemente descendían para escoger otro lugar donde estamparse.

La lluvia seguía fija y constante, aunque sin llegar a ser torrencial y eso les permitía tener una mejor visión; de tal forma que empezaron a oír voces de auxilio procedentes de viviendas o locales a la altura de la calle e incluso luces de algún que otro móvil operativo. Como la orden del capitán era la de rescatar y auxiliar, el tiempo a partir de ese instante se paró y Jaime acompañado por otros ocho soldados se distribuyeron a demanda. Lo prioritario era poner a salvo a personas que se encontraban con "el agua al cuello" en locales y garajes o incluso en primeras plantas y bajos. La labor era ardua y continua, apenas ponían a buen recaudo a un señor de mediana edad que había quedado encerrado en el interior de su taller, ayudaban a bajar del capó de su coche a una chica joven que se había subido intentando la huida o entre varios subían de un balcón del primero a otro del segundo a los vecinos que veían cómo el agua había entrado en sus viviendas.

El instinto de supervivencia les permitía acudir a todos los rescates sin percatarse del riesgo que asumían, puesto que en más de una vez vieron su integridad peligrar. Los gritos desesperados de un hombre procedían de su frutería que, viendo la crecida del barranco, decidió echar el cierre automático y se había quedado dentro para salvar el género. Como la única salida era por el cierre mecánico y la luz no funcionaba, se vio encerrado sin posibilidad de salida. Sus voces llegaron a nuestro teniente, que junto a dos soldados más, empezaron a golpear con mazas la rejilla superior del cierre; tras varios minutos que se hicieron interminables, consiguieron romper dicha rejilla y sacar del local al asustado frutero.

Jaime estaba convencido de que esa urgente operación de rescate de personas encerradas había terminado con éxito, pero que habría muchos otros vecinos cuyas voces no habían sido oídas. La magnitud de la tragedia les impedía mantener una comunicación fluida con el capitán y al principio de la madrugada, recibió un mensaje breve que decía:

– Rescate a discreción; reagrupamiento al amanecer.

Y así fue cómo durante toda la noche, con fuerzas generosas y situaciones al límite, salvaron numerosas vidas y perdieron otras tantas como la de nuestro asustado electricista valenciano, que por temor a ponerse en carretera con esas lluvias, decidió esperar dentro del coche a que escampara la lluvia y viendo cómo el agua subía y entraba al vehículo, decidió salir fuera a pedir ayuda, no consiguiendo que nadie escuchara sus voces desesperadas y siendo consciente de que en sus últimos segundos de vida antes de ser devorado por el agua, pasarían ante sus ojos sus seres queridos y su creciente negocio de instalaciones eléctricas. Y es que muchas veces pensamos con razón que el destino juega con nosotros y que tiene diseñado un final para cada uno; quién le iba a decir a nuestro electricista valenciano que esa tarde iba a ser víctima de la riada de Paiporta, cuando solamente había ido a esa localidad vecina para dar un presupuesto y cuya parada iba a ser muy breve.

En fin, volvamos con el teniente Jaime, porque entre unas cosas y otras, empieza a distinguir cierta claridad de un amanecer dramático, que va a mostrar sin reparos una realidad de destrucción y desolación. La noche ha sido muy intensa y agotadora tanto física como psicológicamente, pero él más que nadie no puede dar síntomas de agotamiento. Acude junto a sus soldados al reagrupamiento en los dos camiones que llegaron la tarde anterior y en apenas media hora comparten los mandos lo que han encontrado y lo que tienen que seguir haciendo. El capitán les indica que no va a haber relevo, que vienen de camino otras tantas unidades del cuartel de Bétera y que no entiende cómo no movilizan más militares de otras provincias.

Son aproximadamente las 7:00 de la mañana y unos veinte militares con el teniente a la cabeza se disponen a montar en la misma Plaza de las Cortes Valencianas una gran tienda de campaña que sirva de base improvisada de operaciones para poder atender las necesidades más urgentes de forma ordenada. Mientras montan aceleradamente la tienda, algunos vecinos desde sus ventanas y balcones les piden ayuda por los garajes y bajos anegados. Otros pocos se acercan para informarse sobre los daños y ofrecerse como voluntarios.

Las caras desencajadas y el lento caminar muestran un paisaje desolador; nadie es consciente de la envergadura de la tragedia y sólo el ponerse manos a la obra les va a permitir afrontar sin nerviosismo el enorme caos. Entre esos primeros civiles que bajan y rodean la tienda del Ejército de Tierra se encuentra nuestra Ana.

Una vez que el nivel del agua lo ha permitido, ha bajado a su kiosco-bar para comprobar los desperfectos y se da cuenta de que el mobiliario exterior de mesas, carteles y sillas ha desaparecido en su totalidad, como si un torbellino se lo hubiera tragado todo. De la estructura del kiosco apenas queda cierta cimentación y los muros bajos en pie, se da cuenta de que lo ha perdido todo y apenas tiene tiempo para pensar acerca de la cobertura de su seguro. Sabiendo el carácter y la decisión de Ana, estoy seguro de que va a dar prioridad a ayudar a los demás, considera que echar una mano a lo que se pueda forma parte de sus obligaciones como vecina carismática del barrio. Su vecina se ha hecho cargo del pequeño Jorge y ambas se turnan para dar cafés y bebidas calientes a los militares y a todo el que lo pide.

Llegado a este punto, confieso que el carácter contradictorio de los españoles saca lo mejor de sí mismo en las peores circunstancias. Avanza la mañana y las tímidas ayudas del principio están dando paso a un aluvión de voluntarios que quieren colaborar de mil formas. Es sorprendente, pero Ana parece que se ha olvidado de que ella es la que tendría que solicitar ayuda y, sin embargo, es la que ha montado una "cafetería improvisada" de campaña. La trastienda del kiosco se ha salvado y buena parte de los víveres están para ser consumidos; por eso, sin dudarlo, ha sacado todas las existencias de café, infusiones y caldos y con una simple mesa y el acceso al generador que han traído los militares, digamos que ha abierto su cafetería del barrio, aunque en este caso, de manera totalmente gratuita.

Según avanza la mañana, el silencio y el respeto a la devastación están siendo sustituidos por las conversaciones y en algún caso por alguna que otra broma. Es increíble la adaptación que tiene la mente humana a cualquier trágica circunstancia.

No obstante, ahora lo que me preocupa es darles la oportunidad a nuestros dos protagonistas de unir sus destinos, pues tanto Ana con su puesto avanzado de cafetería como Jaime al mando de los militares destacados en Paiporta, creo que se merecen que profundicemos y conozcamos mejor qué fue de ellos en aquellos duros días. Como narrador reconozco que siento emociones por los personajes y por estos dos tengo una especial predilección, porque ambos representan valores como la generosidad y la entrega por los demás y a partir de este momento voy a premiarles con un destino literario más reconfortante.

Jaime dirige el puesto de mando y apenas se desplaza para socorrer, más bien coordina las actuaciones y establece las prioridades; está tan centrado en su labor que no es consciente de que lleva más de 15 horas sin comer ni beber apenas. Únicamente el deber de salvar vidas y socorrer a personas moribundas es lo que le genera la adrenalina suficiente para continuar con la tarea. Es, sin embargo, Ana la que es consciente de las entradas y salidas de los soldados y observa que el joven teniente Jaime no da abasto con todas las urgencias y por eso con un café con leche calentito se acerca a él y le dice:

– Perdone, pero me gustaría que aceptase esta bebida caliente. Veo que usted no para.

– Muchísimas gracias ¿cómo se llama usted? – contestó un sorprendido Jaime.

– Me llamo Ana y soy vecina de aquí y la dueña de esa cafetería que ve usted flotar allí enfrente.

– Si me permite gestionar un par de salidas más, le voy a robar unos minutos de su tiempo para conocer un poco mejor este barrio y sus necesidades. Tenemos la orden de nuestro capitán de socorrer a discreción y no sabemos cuándo vamos a ser relevados, así que tengo que regular los descansos de los soldados de la forma más racional, considerando las numerosas intervenciones de mis efectivos. – dijo un atento y servicial teniente Jaime.

– No, por favor, yo sólo quería entregarle este café y por supuesto, no quiero que se distraiga con otros menesteres. – contestó Ana, mientras volvía a su cafetería improvisada.

Una vez que se presentaron se fue estableciendo entre ellos una comunicación continua y fluida; el teniente coordinaba las numerosas actuaciones de socorro y para ello necesitaba a alguien que conociera bien el barrio y que le proporcionara información útil sobre los comercios, garajes y viviendas bajas. Las horas transcurrían y tenían que salvar y ayudar a cuantas más personas, mejor.

Ana tenía una perfecta memoria fotográfica que le permitía recorrer visualmente las calles aledañas y recordar qué tipo de establecimiento o vivienda particular pudiera haber sido anegada por las aguas; gracias a ella empezaron a hacer por parejas barridas a lo largo de las calles pegando voces y hablando con los vecinos de los pisos altos. En la mayoría de los casos, los propios habitantes les daban el recuento correcto y no echaban a nadie en falta, pero en los casos más dramáticos, manifestaban que echaban de menos a un familiar o conocido y que no tenían ninguna señal de vida.

Los momentos de alegría por haber socorrido a alguien en circunstancias extremas se alternaban con otros en los que Ana y Jaime se miraban con sinceridad a los ojos y sin necesidad de decir nada, compartían alguna tragedia más.

Recuerdo cómo un rescate que celebraron ambos personajes con entusiasmo fue el del joven carpintero que, por salvar los pedidos acabados y la maquinaria más costosa, quedó encerrado en el local y vio cómo a lo largo de la noche el nivel del agua crecía y no podía hacer nada más que intentar tapar resquicios por donde entraba el agua de manera preocupante. Había permanecido flotando en su pequeña nave durante más de 16 horas y ni siquiera los gritos de auxilio habían sido respondidos por algún vecino. No obstante, al tratarse de uno de los clientes más asiduos del bar de Ana, ella se había acordado de él y de su ausencia, ya que de estar vivo seguro que estaría por allí echando una mano. Efectivamente un par de efectivos y el propio Jaime llegaron hasta la carpintería y oyeron una lejana y cansada voz que pedía auxilio; el nivel del agua había bajado bastante, pero la inclinación de la calle había acumulado un gran charco que imposibilitaba abrir la puerta del local con facilidad. Rápidamente pensaron en la rejilla de ventilación de la parte alta y, sacudiendo varias patadas contundentes, consiguieron que saltase y gracias a ese pequeño agujero pudieron establecer comunicación con el agotado carpintero, quien podía descansar subido a la mesa de trabajo, que, al estar anclada, no flotaba por la acción del agua.

Una vez que la rejilla se desprendió, empezaron los tres a dar grandes mazazos para agrandar el hueco y cuando vieron que el cuerpo del muchacho podía pasar, tiraron de sus brazos hacia fuera y los cuatro se fundieron en un abrazo de satisfacción y agradecimiento simultáneos.

Sin embargo, otro caso sin final feliz fue el del padre de familia que, intentando salvar el coche aparcado en su garaje, bajó a su plaza y apenas pudo arrancar el vehículo, pues la riada inundó en breves minutos el bajo y apenas pudo salir del mismo para acabar siendo desplazado calle abajo por una violenta riada contra la que no pudo nadar ni ponerse a salvo. Su cuerpo fue hallado sin vida por otros dos efectivos del ejército a 50 metros del garaje y al propio teniente Jaime le correspondió dar la trágica noticia a la familia, pues Ana había reconocido el cuerpo y sabía la dirección donde vivía.

Cuando uno de los dos daba señales de pesimismo, el otro intentaba levantarle el ánimo y recordaban las vidas que habían salvado. En esos primeros días, puedo decir que se consolidó una sincera amistad entre los dos jóvenes, ya que ambos se necesitaban el uno al otro para seguir, como se dice, al pie del cañón.

Con el paso de las horas, Ana le fue presentando a vecinos y allegados como si fuera alguien más del barrio o de la familia y cuando conoció al pequeño Jorge, nuestro teniente se dio cuenta de que estaba ante una mujer carismática y luchadora. Si me permiten, tengo que reconocerles que Ana era el alma del barrio y de la plaza de Paiporta y Jaime lo descubrió con creces y empezó a ver en ella algo más que una simple voluntaria.

De hecho, cuando fue relevado al cabo de tres días en Paiporta por otro destacamento del ejército de Tierra, no hubo ninguna escena emotiva de despedida, ya que por aquel entonces ambos se habían cruzado teléfonos y direcciones. A partir de ese momento, nuestro teniente pasaba los días de permiso junto con Ana y nació entre ellos una relación profunda de amistad, que con el transcurrir de las semanas se fue convirtiendo en una relación consolidada de dos personas generosas que unieron sus destinos gracias a esta trágica riada.

Como no quiero distraer mi atención sobre los diferentes subgéneros novelescos, creo que es el momento de dar por concluido este relato metanovela para dar paso al siguiente, que será, como es evidente, el subgénero de novela sentimental o popularmente conocida como historia de amor.

He de confesarles que me he valido de un reportaje de un medio digital en el que aparecían diez testimonios de militares que acudieron al rescate de la Dana en los primeras horas y que he utilizado una noticia sobre este teniente Jaime para sumergirme en esta historia de ficción, utilizando elementos reales y permitiendo a mi imaginación abordar esta manera de contar historias; es decir, que el propio narrador se sumerge en la trama y presenta sus personajes como si fueran conocidos suyos y el proceso de escritura forma parte del propio relato. En fin, después de una conveniente revisión, daré por concluido este primer capítulo.

2º) NOVELA DE AMOR

Esos días tan intensos y trágicos fueron consolidando una relación de futuro; por eso cuando Jaime volvió a su acuartelamiento no conllevó ninguna despedida. Ambos se abrazaron amistosamente y se cruzaron sus contactos para establecer una relación de amistad desde la distancia. Ana siguió dando el callo en la limpieza y reconstrucción de su establecimiento en particular y en Paiporta en general; la apertura de la escuela y de los primeros comercios fue dando paso a cierta normalidad que se consolidó pasados los dos primeros meses. Con la ayuda de familiares y amigos, Ana consiguió abrir la cafetería para las Navidades, ya que, al tratarse de una construcción pequeña casi en forma de kiosco, los materiales eran portátiles y en apenas unas semanas logró el montaje y la reparación de los suministros. Eso sí, sus deudas se incrementaron exponencialmente bajo la promesa de que obtendría las ayudas autonómicas, estatales y del propio seguro.

Jaime, por su parte, seguía de cerca la reconstrucción de los pueblos afectados por la Dana y siempre que podía, se apuntaba como voluntario o, por supuesto, se acercaba los días libres para estar cerca de Ana. Durante los primeros meses de 2025, su relación pasó de amistad a pareja y ese paso lo dieron ambos gracias a ese entrañable contexto de bar de pueblo, donde todo el mundo se conoce y los clientes acuden al mismo, no tanto para tomar algo, sino más bien para charlar y luchar contra la soledad.

Jaime conoció y se comprometió con la educación y formación del pequeño Jorge y el cariño entre los dos fue creciendo día a día; le ayudaba en las tareas, iba a buscarlo al colegio y se sumaba con interés a las actividades y juegos del muchacho.

También incorporó a sus contactos a la fiel vecina Sofía, esa leal amiga que estaba para cualquier cosa, incluso para salvar la vida de madre e hijo como vimos en los trágicos momentos de la inundación del piso. No suponía ningún esfuerzo para Jaime que las personas que rodeaban a Ana formaran parte de su propia vida y eso lo veían con agrado ambos.

Como hemos avanzado antes, el primer contacto físico entre los dos fue ese abrazo cariñoso con el que se despidieron y en el que intercambiaron sus teléfonos; instante que quedó grabado para lo sucesivo, porque surgió una luz que iluminó un camino buscado y no perseguido por nuestros dos protagonistas. La vocación militar de servicio de Jaime le impedía consolidar relaciones duraderas y el duro negocio de Ana igualmente le impedía consolidar una nueva pareja.

Y llegó ese día en que Jaime volvió a Paiporta, después de conseguir un permiso de fin de semana, y fue a tomar café al improvisado puesto de Ana. El inesperado encuentro y los protocolarios trámites de los primeros saludos dieron paso a un largo paseo al echar el cierre de la cafetería sobre la medianoche con la excusa de ver en vivo las calles más dañadas por la riada. Las opiniones técnicas de Jaime se completaban con los comentarios más afectuosos de Ana, pues ella conocía a casi todos los damnificados y víctimas del barrio.

Aquella conversación intensa les iba mostrando un sinfín de emociones, pues a la rabia de ver el barranco del Poyo todavía devastado, sucedía el duelo por los conocidos fallecidos, sus recuerdos y anécdotas les humanizaban más y le servían a Jaime para comprender mejor ese entrañable y familiar barrio. Aunque estuvieran recordando hechos muy dolorosos, la siguiente emoción fue la comprensión y empatía; sin duda, era la antesala del cariño y de la expresión de sus sentimientos. Y como en un cuento tradicional, Ana y Jaime se fundieron en un largo y profundo abrazo alrededor de la medianoche de un día que para los dos era el primer día de una relación duradera que convirtió la amistad en amor.

Las luces de las farolas eran atenuadas por una vegetación que había crecido exageradamente y sin control desde la crecida y les servía para compartir su intimidad en un paisaje romántico y a la vez dramático; quién le iba a decir a nuestros jóvenes personajes que sellarían su relación al borde del trágico barranco. Sin embargo, así fue y aquel abrazo se prolongó varios minutos en los que ninguno buscaba desasirse y mirarse a la cara. Los gestos y miradas se habían traducido en ese sincero y largo contacto, que fue acompañado por su silencio y el de la calle. Ninguno quería romper esa dulce calma y sólo una ligera caricia de Jaime sobre la mejilla y los labios de Ana propició que ambos se besaran apasionadamente.

En ese instante el tiempo dejó de tener su función y pasaron a una dimensión indescriptible que difícilmente puedo contar, pero sí les tengo que reconocer que aquel primer beso selló su joven relación de forma duradera.

Como Jaime superaba en altura a Ana, le echó un brazo sobre su hombro y descendieron caminando lo que les restaba del barranco del Poyo, compartiendo sentimientos y compromisos de reconstrucción. La gran tarea que todavía quedaba por hacer se convertía en una sólida excusa para prolongar su relación y si los hubiéramos acompañado en ese momento, podríamos haber tomado nota de todas las actuaciones que había que hacer a lo largo del barranco para restablecer la localidad a su anterior estado.

En estas situaciones donde los sentimientos se anteponen a cualquier otro suceso, Ana acompañó a Jaime al hostal que solía reservar en sus estancias en Paiporta, pero en esa ocasión le invitó a volver juntos a su piso, ya que el pequeño Jorge se había quedado a dormir en casa de su amiga Sofía aprovechando el cumpleaños de uno de sus hijos.

Una vez dentro, la torpeza de Ana y la inquietud de Jaime ofrecieron una estampa de dos amantes primerizos que desconocen los pasos de la seducción, pues ella los había olvidado y él era la primera vez que gozaba de esa intimidad con una mujer. Las sonrisas les ayudaban a avanzar en su torpe fragor y los serenos besos dieron paso a unas caricias que destapaban múltiples sensaciones físicas.

El cansancio de un duro día de trabajo y el traslado y la intensa semana en el cuartel de Jaime no fueron obstáculo para que nuestros protagonistas se transformaran en amantes durante buena parte de aquella noche, donde las palabras pasaron a segundo plano, cediendo su mensaje a una comunicación más física. Ambos se sintieron en uno solo y perdieron las referencias temporales sin darse cuenta de que la noche avanzaba y que el nuevo día les traería nuevas exigencias y obligaciones, que sobrellevarían sin dificultad pues sabían que habían encontrado un objetivo común; el de cuidarse mutuamente.

Después de ese permiso llegaron otros y días libres en los que Jaime aprovechaba para estar junto a Ana, quien desde febrero había vuelto a abrir el negocio y volvía a una relativa rutina anterior a la tragedia. Como la distancia entre el Cuartel de Bétera y el pueblo de Paiporta no llega a los 30 kilómetros, en pocos días decidieron ambos que lo más operativo y útil para Jaime era quedarse en casa de Ana durante las noches que tuviera que pernoctar fuera del cuartel.

Para el pequeño Jorge no supuso un gran trauma ver de buenas a primeras un nuevo padre, ya que el hecho de haberlo conocido con una imponente ropa de militar, le llevó a mirarlo con admiración y como además su aspecto iba seguido de muchas acciones milagrosas y de fuerza, Jorge desde el inicio siempre vio en Jaime a un superhéroe de sus películas favoritas. Los días en los que iba a recogerlo al colegio, se sentía el niño más valiente y orgulloso, si bien la comunicación la ejercía debido a su espectro autista con sus miradas cómplices.

Al igual que fue conociendo a Jorge con sus rutinas y manías, también congenió bastante con la vecina y amiga Sofía, verdadero pilar y confidente de Ana. Un par de cenas en casa sirvieron para despejar las posibles dudas que tuviera Sofía en este joven y apuesto militar, aunque más que sus comportamientos y comentarios, ella se dio cuenta de la naturaleza honesta de Jaime en parte por las miradas cómplices y limpias de la nueva pareja. Si su amiga se encontraba feliz y contenta, ella igualmente no tenía por qué levantar sospechas o desconfianzas.

A esas primeras semanas siguieron los siguientes meses, que sirvieron para consolidar una envidiable relación de pareja y una solidaria colaboración continua con el barrio y el entorno.

Ana había olvidado los días gratos de su matrimonio para fortalecer su salud mental, intentando que la melancolía y la añoranza de su difunto marido no llenaran sus momentos de soledad y sin buscarlo ni provocarlo, se vio con una nueva compañía y una nueva ilusión con el que comenzaba un proyecto de vida cargado de futuro.

La intensidad de la cafetería y las necesidades de atender a su hijo Jorge, no restaron energías como amante y el hecho de compartir tareas con Jaime en casa y en el trabajo, la convirtieron de nuevo en una mujer atractiva y atrayente; antes de conocerle había entrado en un túnel de exigencia laboral y familiar, en el que apenas se arreglaba ni se maquillaba, por no decir que no había ido de compras para sí misma desde hacía bastante tiempo.

Es evidente que el inicio de esta relación estable le hizo recuperar hábitos olvidados e ilusiones puestas en duda, volvió a ver joven y físicamente muy interesante. Sabía que muchos de sus clientes acudían diariamente a su cafetería no sólo por la cordialidad del trato, sino por su sensualidad femenina y ahora que ella misma hablaba con naturalidad de su nuevo novio, sentía como si se hubiese quitado de encima varios años y muchos disgustos y decepciones. A veces, perdía la atención en los clientes y recordaba con amargura las grandes tragedias que le había deparado la vida, como era el fallecimiento de su esposo y la devastadora Dana.

Jaime, por el contrario, se sentía como en una nube, ya que no había tenido más que relaciones esporádicas que no se habían consolidado y que habían contribuido a generarle algo de desconfianza hacia sí mismo y las mujeres; era algo más joven que Ana, no superaba los treinta, pero su enorme valentía y numerosos valores le convertían en un joven tremendamente apreciado por el sexo femenino. Otra cosa es que llevaba muchos años centrado en su carrera militar y había seguido su formación básica con la escuela de oficiales y la dedicación había sido exclusiva hacia su vocación en el ejército.

Igualmente pensaba en diferentes momentos de distracción que gracias a una tragedia como la de Valencia, había podido conocer a Ana, mujer con la que había encontrado algo que hasta ahora no había visto en ninguna otra chica. En ella veía experiencia y frescura, carisma y conversación y, en definitiva, una mujer muy atractiva.

Vistos desde fuera, les tengo que decir, queridos lectores, que no pecaron de pegajosos como otras parejas en las primeras semanas de noviazgo. Mientras estaban en público, ya sea en la cafetería, ya sea en casa, sus caricias y abrazos se mantenían en una quebradiza frontera del buen gusto y el respeto por los demás. Los clientes, familiares y amigos estaban al tanto de su relación de pareja, pero he de decir que no alardeaban ni abusaban de besuqueos y abrazos exagerados. Ambos manifestaban su amor con miradas y con sonrisas de respeto hacia ellos mismos y hacia los demás. También he de reconocer que la dura actividad de la cafetería y las atenciones a Jorge, apenas les dejaba segundos donde se apoyaban mutuamente.

Sin embargo, cuando llegaban a casa después de un duro día de trabajo, compartían las anécdotas y las curiosidades tanto de la cafetería como del cuartel y las palabras se comportaban como el preámbulo de la acción, que solía estar protagonizada por dos cuerpos pletóricos y jóvenes con toda una noche por delante. En el primer acto las palabras llenaban la escena, en el segundo acto las caricias se convertían en las protagonistas y en el tercer y último acto la compenetración física conseguía que ambos terminaran la obra plácidamente uno junto al otro sin percatarse de lo avanzado de la hora.

No obstante, como ustedes entiendo que estarán esperando, en toda historia de amor tienen que aparecer desavenencias y discusiones. Pues bien, la primera vez que ambos no compartieron puntos de vista fue a cuenta del comportamiento que habían de tener como madre y como "padre" con el rendimiento académico de Jorge.

Fue una tarde de primavera en que las lluvias habían hecho un receso, cuando Jaime se dirigió a recoger a Jorge del colegio y siempre había un breve comentario de su profesora Almudena a cuenta de su jornada escolar. El asunto es que esa tarde Jorge tenía un gesto extremadamente enfurruñado y, según su profesora, apenas había querido hacer nada y prácticamente había permanecido sentado y quieto mirando hacia la ventana con su típico movimiento oscilante de cabeza, gesto que reproducía cuando algo se torcía en su vida.

La conversación entre Almudena y Jaime fue meramente informativa y el propio teniente se limitó a escuchar para luego reproducir fielmente a Ana; él podía pensar varias justificaciones como su rápida llegada como "padre", la nueva pareja de su madre, la pérdida de protagonismo con respecto a su madre o simplemente una mala racha en la escuela, pero no se atrevió a hablar en calidad de padre y por respeto a su pareja Ana, se limitó a recibir y agradecer la información de la profesora.

Eso sí, a su llegada a la cafetería le dijo a Ana que tendrían que hablar esa noche sobre Jorge y su apático comportamiento de clase. No sé si el agotamiento de todo un día en la cafetería o la sensación de Ana de estar dedicando a su hijo menos tiempo del debido, el hecho fue que la conversación a los pies de la cama y dispuestos a acostarse derivó en desavenencias, faltas de acuerdo, visiones contrastadas y, en definitiva, una primera discusión. Ana tenía una lógica visión protectora de su hijo Jorge, posiblemente como consecuencia de su espectro autista y la pérdida traumática de su padre en la tierna infancia y cualquier comentario crítico hacia el pequeño lo tomaba a la defensiva. En cambio, Jaime proponía un punto de vista más objetivo, ya que no era hijo suyo y no había vivido de cerca el drama familiar o el diagnóstico del pequeño.

Por eso mismo, no dejaba de tener confianza en su profesora Almudena y aceptaba con agrado las valoraciones positivas y con responsabilidad los comentarios negativos; con el único afán de que el pequeño Jorge saliera de esa encrucijada de incomunicación y aislamiento. La protección de Ana se traducía en elevar las manifestaciones de cariño y de caprichos y, por el contrario, Jaime veía inadecuado "premiar" al pequeño si lo estaba haciendo mal en el colegio.

La cuestión fue que su discusión acalorada acabó con ambos espalda con espalda y con una noche de insomnio y una mañana de silencios incómodos. El desayuno rápido y la precipitada vuelta al cuartel de Jaime los llevó a la pareja a no quitarse de la cabeza la conveniencia de su fluida relación.

No obstante, transcurridos apenas dos días sin llamarse ni enviarse mensajes, Jaime le hizo una propuesta a Ana que no pudo rechazar; le dijo que había reservado un viaje para tres a París que incluía, además de los lugares carismáticos de la ciudad, un par de días en el Parque Disney. Había previsto las vacaciones escolares y su permiso de verano, siendo el único inconveniente cerrar durante unos días el negocio de Ana, pero no hubo ningún problema, ya que los clientes más asiduos lo vieron con normalidad.

Igual me reprochan ustedes que sea una historia de amor muy convencional, pero tengo que decirles que la vida poco a poco estaba retornando a Paiporta; una nueva relación se consolidaba y como muchas otras parejas viajaban a París para sellar su emergente amor.

Durante aquellos días de verano, los tres personajes de nuestra historia pudieron vivir sin prejuicios, sin preocupaciones y, sobre todo, sin la tragedia de la riada en sus cabezas. No fue casualidad que el pequeño Jorge dejara de despertarse por las noches con alguna pesadilla y fuera a la cama de su madre a refugiarse de alguna rápida inundación como consecuencia del trauma vivido. La responsable y luchadora Ana había recuperado un brío atractivo cargado de juventud; como si el hecho de dejar unos días sus obligaciones la hubiera rejuvenecido varios años. La sonrisa había vuelto a su gesto y las ganas de estar guapa y cuidarse fueron su prioridad en esos días azules.

En cambio, Jaime había descuidado un poco su aspecto varonil al desprenderse de su uniforme militar y usar ropa casual, que le restaba seriedad y formalidad. Sin su uniforme reglamentario parecía igualmente mucho más joven.

La cuestión es que esos seis intensos días de vacaciones representaron una liberación en sus vidas y les sirvieron para quitarse un peso de encima, un trauma difícilmente superable, a no ser que entrase en sus vidas una nueva ilusión, un nuevo amor. Y eso es lo que supuso cada uno de ellos para el resto; Jorge encontró un nuevo padre en la figura de Jaime y, sin duda, mejoró rápidamente su comunicación con los demás, ya que su espectro autista fue disminuyendo con la estabilidad emocional del núcleo familiar. Ana dio claras muestras de ser otra persona y había incorporado a su gesto una sonrisa cómplice muy sensual y atractiva; a veces los traumas del pasado modifican nuestro gesto y los nuevos e ilusionantes proyectos vuelven a concedernos la posibilidad de sonreír. En Jaime la recompensa era muy reconfortante, pues su carácter tan trabajador y responsable se había traducido en su vocación militar y la consecución de sus primeros nombramientos de alférez y teniente. Ahora, gracias a los caprichos del destino y después de haber sido uno de los primeros militares que accedieron a Paiporta tras la inundación, había encontrado su alma gemela, tan trabajadora y responsable como él, en la persona de Ana y bien podía pensar que habían quedado atrás aquellas cortas relaciones que no fraguaron en nada serio.

Igual hasta se atreven ustedes a adelantar lo que ocurrió exactamente mientras paseaban los dos enamorados a lo largo del Sena con el pequeño Jorge a la distancia. Se entretenía viendo circular las diferentes embarcaciones por el río y gesticulaba con sus manos como si estuviera tripulando alguna de ellas; su mente se encontraba cicatrizando tantos traumas pasados y su imaginación se estaba permitiendo viajar como hemos hecho todos durante la infancia. Pues bien, Jaime aprovechó el momento para cruzarse los dedos con Ana, llevando en esta oportunidad una diminuta cajita envuelta en un elegante papel dorado; a la vez que la propia Ana acompañaba con distracción y alegría el juego de su hijo, aunque la unión de sus manos quedara entorpecida por la presencia de la caja.

No hizo falta ningún comentario, ni ninguna petición expresa, ni por supuesto ninguna dramatización en mitad de los jardines cercanos a Notre Dame, pero Ana se dio cuenta inmediatamente de las intenciones de Jaime y del contenido de la cajita. Existía entre ellos tal grado de sintonía que no llegó a imaginarse que no fuera otra cosa sino un anillo de compromiso. Lo único que salió de su boca fue lo siguiente:

– Pero bueno, Jaime ¿no te estarás precipitando? Soy mayor que tú, soy viuda y tengo un hijo de otro matrimonio – comenzó diciendo una radiante Ana.

– Estoy seguro de que no, siempre he tenido las cosas muy claras. Mis decisiones, cuando las he tomado, han sido sólidas y fruto de mis sentimientos. Mira mi vocación militar, me vino siendo un chaval y sigo entusiasmado con mi trabajo − contestó Jaime.

− No llegas a los treinta y yo los supero con creces, igual te estoy impidiendo que tengas otra vida afectiva más plena, que tengas otras relaciones con otras mujeres y a mi edad y circunstancias no me encuentro con fuerzas para cometer errores − añadió una seria y algo transfigurada Ana.

− Nos conocemos hace menos de un año, pero no me considero una persona frívola y caprichosa que tome las decisiones a la ligera y quizá nuestra relación no esté basada en el tiempo, sino que está fundamentada en la intensidad de aquellos días trágicos de la Dana − respondió un formal Jaime.

− Pues, aunque no me hayas hecho ninguna petición formal, voy a abrir esta diminuta caja y a lo mejor me encuentro con algo que no me espero y me llevo una decepción − dijo Ana cambiando el tono e incorporando cierta complicidad.

− Nada, no te hagas la sorprendida, porque sabes perfectamente mis intenciones y que me da muchísima vergüenza pronunciar esas palabras. Es curioso, estoy deseando pronunciarlas, pero mis temores me lo impiden − señaló un ruborizado Jaime.

Y en un tono de reproche y humor Ana sentenció la rápida conversación con lo siguiente:

− ¡Pues vaya un teniente de infantería que salvó la vida de muchos de mis paisanos en la riada y que es incapaz de pedirme que me case con él!

Entiendo que ya sabrán que dentro de la cajita había un elegante anillo de oro blanco con una curiosa perlita, con el que

Jaime pedía el matrimonio a Ana y lo curioso era que ese anillo había sido comprado en una de las joyerías destrozadas en Paiporta y que ya había logrado abrir de nuevo el negocio. Por eso también adquiría un simbolismo mayor, la tragedia les había unido y el anillo procedía de un negocio que había resurgido de la zona cero de Valencia.

El vuelo de vuelta de París a Valencia les trajo una dulce preocupación acerca de la boda, su celebración y eventos que estuviesen dispuestos a organizar. Con lo que sí estaban conformes era que la celebración la harían en su terraza café de Paiporta y que dicho convite tendría el fin de levantar el ánimo de sus conciudadanos y de volver a celebrar algo grande con familiares y amigos. El primero en ser informado de sus intenciones fue Jorge, quien en pleno vuelo soltó un espontáneo: − *¡te quiero, Mamá!*

Y eso tiene mucho mérito en alguien que tiene disminuida su capacidad de comunicar.

El asunto es que tenemos a nuestros personajes con un nuevo e ilusionante proyecto y que somos los responsables de seguir contando lo que les ocurrió y cómo vivieron esos felices días de los preparativos y del enlace.

Transcurrió el verano de 2025 con las obligaciones diarias de la cafetería y su popular terraza; cuando llegaba el buen tiempo se convertía en el verdadero centro neurálgico de Paiporta. Era, sin duda, el lugar de encuentro de todos los paisanos y de todos los visitantes, pues era el más concurrido y más carismático de la renaciente localidad. Si tenías que quedar con alguien o tratar un asunto con alguien la zona de terraza era ideal para hablar rodeado de la luz del mediterráneo. Como en la plaza no se encontraba otro tipo de instalaciones deportivas o de zona infantil, que quedaban desplazadas a otra plaza contigua, los clientes solían disfrutar de un reconfortante silencio únicamente interrumpido por el hilo musical o por algún que otro coche que pasaba de largo.

Jaime aprovechaba todos los permisos y las tardes libres para ir a echar una mano a Ana y siempre que se lo permitían sus obligaciones militares, pernoctaba en Paiporta. No había momento en que la compenetrada pareja no planificara o hablara sobre la logística de su boda y consiguiente celebración. Ana se había comprometido con la alcaldesa a que ella misma fuera quien los casara, ya que iba a ser un honor para alguien tan expuesto como ella el hecho de celebrar su unión en la sala de juntas a uno de los primeros militares en socorrer aquel fatídico 29 de octubre pasado y a una de las heroínas más populares del pueblo. Cualquier preparativo era poco y recibieron a lo largo de todo el verano propuestas de colaboración y ayuda desinteresada; la complicidad que se daba entre ellos venía a sumarse a la empatía con la que eran premiados por el resto de conciudadanos; clientes y comerciales de la cafetería ofrecían sus productos y sus oficios.

De esta manera llegó una magnífica mañana del mes de septiembre y todos los amigos habían contribuido a que la celebración estuviera perfectamente preparada; sus proveedores les habían traído bebidas y comidas de lo más diverso y exquisito, sus comerciales les habían proporcionado mesas y sillas cómodas y decoradas para la ocasión, incluso un cliente

diseñador les había preparado unas invitaciones personaliza-
das y muy simpáticas, la joyera vecina que había perdido casi
todo su negocio antepuso los anillos de sendos contrayentes
y sus tradicionales arras a abrir de nuevo su renacida joye-
ría de barrio. En fin, que todos se ofrecieron y se volcaron
en la feliz pareja y el resultado final fue digno de recordar;
desde el elegante y guapísimo testigo Jorge firmando en las
dependencias municipales, los discursos laudatorios tanto de
la alcaldesa como de sus comunes amigos Sofía o el mismo
capitán del cuartel de Bétera.

Se vivió ese día veraniego como una fiesta de la localidad y, sin
duda, venía a contribuir a ese lento paso a la normalidad, a ese
pausado proceso de que todo y todos vuelvan a sus vidas y actividades superando los traumas de la Dana. La celebración y di-
versión dieron paso a los discursos personalizados y las palabras
cargadas de homenajes y recuerdos a todas aquellas víctimas que
habían sucumbido en la tragedia, especialmente para rememo-
rar son los que pronunciaron la misma Ana y el propio Jaime.

Y ya al final del día, también familiares y amigos se sumaron
a restablecer el orden en la cafetería, ya que uno de los regalos
que recibió la feliz pareja fue que una empresa de cáterin de
uno de sus amigos se iba a encargar de recoger todo y dejar la
cafetería operativa para el día siguiente. Los novios recibieron
miles de detalles, unos más lujosos y otros más sencillos, pero
todos cargados de ilusión y gratitud. El pequeño Jorge vivió
toda la jornada como si fuera su propia fiesta y mediante
gestos y palabras aisladas manifestó su amor por su heroica
madre y su proximidad y aceptación por su "nuevo padre".

No obstante, como toda historia de amor tiene que compartir con el lector un desenlace agradable, me reservo para las siguientes líneas lo que ocurrió con Ana y Jaime una vez que estaban solos en el dormitorio después de todos los agasajos y felicitaciones.

Pues bien, llegaba la hora de compartir impresiones en la complicidad del lecho conyugal, los comentarios y apreciaciones del feliz Jaime fueron interrumpidos por el dedo índice de Ana, que le hacía la señal de silencio acariciando levemente sus labios, añadiendo lo siguiente:

– Perdona que te interrumpa, Jaime, pero no puedo esperar más tiempo y tengo que compartir contigo nuestro regalo de bodas, que nadie hasta ahora conoce.

La petición de silencio y la brusca interrupción llenaron de incertidumbre el gesto de Jaime, aunque la inesperada noticia bien podía ser un regalo para toda la vida. El flagrante novio quería responder y saber a la vez, pero fue la radiante Ana quien le dijo:

– Entiendo que habrás percibido en mis palabras y en algún que otro gesto, que estoy embarazada y que lo sé desde hace unas horas y que he preferido esperar este momento de intimidad para compartirlo contigo.

En ese momento, el responsable militar y fiel marido Jaime se fundió en un sentido abrazo con su amada Ana y ambos comenzaron a llorar de alegría; tuvieron que pasar varios minutos para que él pudiera contestar de la siguiente forma:

– ¡Querida Ana, gracias por haberte cruzado en mi vida y gracias por ofrecerme el mejor de tus regalos!

La intensidad del momento los llevó a seguir hablando hasta altas horas de la madrugada sobre el futuro que les esperaba, sobre sus proyectos e ilusiones y, por encima de todo, sobre la contradicción que les tenía deparado el destino, ya que ambos se habían conocido en los peores días de su existencia y de esa tragedia había nacido una relación y una nueva página en sus vidas.

3º) NOVELA HISTÓRICA

El propósito de este subgénero narrativo es viajar hacia atrás en el tiempo más de 60 años y vivir como lectores la dramática riada que asoló la ciudad de Valencia el 14 de octubre de 1957; en aquella ocasión estuvo lloviendo durante tres días y en algunas zonas se llegaron a acumular 300 litros por metro cuadrado.

Los datos objetivos nos pueden hacer recordar la Dana del 29 de octubre, pero más allá de sus semejanzas, nuestro interés reside en conocer un poco más a nuestra heroína Ana, mujer de bandera y luchadora como pocas.

El asunto es que Ana no conserva ni a su madre ni a su padre y en parte se alegra de que no hayan podido vivir la trágica riada, ya que, debido a su frágil salud, no cree que hubieran sobrevivido a esa tarde fatídica. Ambos se marcharon pronto con apenas 70 años como consecuencia de sendas enfermedades, con las que apenas tuvieron la oportunidad de luchar. En parte era un consuelo que ambos hubieran fallecido con una separación de algo más de un año; su madre Ana debido a un cáncer de pecho y su padre Julián por un traicionero cáncer de pulmón.

Ana nunca les recriminó en vida el no tener por costumbre pasar reconocimientos, pero también es verdad que en los años de sus enfermedades no había tanta prevención y cuidado de la salud. Bien por la afición al tabaco de su padre, bien porque su madre nunca se había hecho ninguna revisión ginecológica, el hecho es que cuando se fueron no reparó en ese reproche, que ahora con un hijo pequeño y con una nueva e ilusionante pareja sí sentía la necesidad de echarles en cara que no tuvieran la ocasión de comprobar esa luz cargada de futuro.

La relación entre ambos siempre había sido excelente y Ana había llegado a la familia sin esperarlo, ya que nació cuando sus padres pasaban de los cuarenta. Desde que se casaron en la remodelada iglesia de San Esteban en 1987 persiguieron sin perder la fe tener descendencia, pero por razones culturales o por no meterse en tratamientos de fertilidad incómodos y caros, acabaron por asumir que no iban a ser padres a su edad.

Sin embargo, cuando menos lo esperaban, su madre Ana en el verano de 1994 y tras unos cambios hormonales que eran nuevos para ella, le anunció a su padre Julián la buena nueva, sorprendente e inesperada: estaba embarazada de casi dos meses.

Su llegada por sorpresa y cuando lo daban todo por perdido supuso que fuera la princesa del hogar; una coqueta casita de dos plantas construida en el Grau, en el mismo lugar donde trágicamente su padre Julián había visto morir ahogados a sus padres Carmen y Dionisio en aquel inolvidable 14 de octubre de 1957.

Por eso, veo necesario que nos vayamos a los primeros días del mes de octubre de hace 68 años y conozcamos un poco más a Dioni y a Carmen, los abuelos de nuestra Ana. Ambos dirigen con buen tino un pequeño restaurante desde hace unos años que ha ido creciendo desde un bar diminuto hasta un reconocido restaurante especializado en paella valenciana; al local llegan vecinos y clientes menos cercanos por los comentarios de todo el que come en el local. Con los años se han visto obligados a ampliar el comedor y han llegado a dar 20 comidas al día y eso para ellos es un logro, ya que no tienen contratado a ningún *chiquet* y alcanzan ellos solos para llevar el negocio.

Ambos se complementan perfectamente y tienen la vivienda arriba, en una amplia segunda planta. Como viven y trabajan en el mismo edificio, los proveedores y clientes los conocen como la arrocería más popular del barrio del Grau y según pasan los años su fama se extiende a otros barrios y localidades valencianas como Campanario, Cabañal, Nazaret o Burjasot.

Sin duda, lo que distingue su establecimiento es el cariño y la elaboración artesanal, no quieren convertirse en un restaurante superpoblado y siguen apostando por sus diez mesas y como máximo sus veinte comensales.

El matrimonio regenta el restaurante y se coordina para sacar adelante a sus dos hijos varones, Vicente con diez años y Julián con 7 años. Ambos están bien educados y de vez en cuando se atreven a echar una mano en las labores sencillas del establecimiento; además cuando sus padres los necesitan, ellos se hacen presentes y van creciendo en responsabilidad.

La vida transcurre con normalidad y distracción, simplemente dando cuenta de las obligaciones personales; tanto Dioni como Carmen atienden las comidas y las cenas y los hijos Vicente y Julián asisten a la escuela y colaboran en lo que pueden.

Pero, como todos sabemos, la vida no avisa y nos pone a prueba; una difícil y traumática prueba que iba acontecer aquel lejano 14 de octubre de 1957. El 10 de octubre ha amanecido con unos nubarrones negros que avanzan solemnemente hacia el litoral valenciano desde el interior del mediterráneo y esa imagen les ha impactado a nuestros personajes con algún comentario de precaución y preocupación. Sus temores residen en poner a buen recaudo los víveres que se encuentran en la trastienda y en las dichosas goteras que se manifiestan en la vivienda de la segunda planta.

El 11, sin embargo, amaneció con una persistente y continua lluvia que se fue prolongando durante toda la jornada; aquel día apenas tuvieron cinco comensales que después de comer salieron con premura y con la preocupación del que no sabe qué ocurrirá en las siguientes horas. Durante la noche, la lluvia no cesó y al amanecer ya empezaron a ver anegadas las aceras y embarradas las calles, dejando una imagen de barriada inaccesible. El día 12 dejó algún momento de respiro, que les permitió con escobas y cubos achicar el agua del almacén y los charcos que se habían formado alrededor del local.

Como no estamos hablando de un alcantarillado moderno y potente, el 13 deparó a todo el barrio y a toda la ciudad de Valencia una estampa que, lejos de ser espectacular, empezaba a ser amenazante, el río Turia había incrementado su cauce de una manera exponencial y sus afluentes Magro y Chelva empezaban a desbordarse en algunos puntos.

Aquella noche Carmen y Dioni se acostaron y dieron un beso tranquilizador de buenas noches a sus dos hijos, Vicente y

Julián, aunque sólo nosotros sabemos que aquel fue el último beso que les dieron en vida. Las preguntas temerosas de ambos hijos eran respondidas con bromas y chascarrillos del bueno de Dioni, ya que no quería que sus hijos se asustaran en demasía, aunque él mismo le confesó a Carmen que el desbordamiento del río Turia podía hacer desaparecer su vivienda y el barrio entero.

Carmen, mujer entera y valiente, era consciente del riesgo y su fe la llevó a duplicar sus rezos nocturnos en vista de la noche que se cernía sobre ellos. Las noticias externas eran escasas y apenas el transistor y, sobre todo, los comentarios de sus vecinos, son los que iban actualizando la crecida de los ríos y sus afluentes.

Unos hablaban de más de 300 litros por metro cuadrado, otros aseguraban haber visto desbordado el río Magro, otros ya hablaban de casas inundadas y de habitantes desalojados. Y, sin embargo, tanto Carmen como Dioni estaban preocupados por su negocio y por sus hijos, por supuesto. Los dos habían decidido que no podían abandonar a su suerte su casa y forma de vida, pues ahí se encontraban su pasado y su futuro. Ambos confiaban en que las lluvias remitieran y que el cauce del Turia aguantara la crecida, pero no fue así.

La noche del 13 al 14 de octubre bien puede contarse como un relato de terror, puesto que la crónica, minuto a minuto, resulta estremecedora. El buen abuelo Dioni ni siquiera se acostó pensando en que el nivel del agua descendería y permaneció sentado en una mecedora esperando oír alguna noticia en la radio del salón. Las interferencias le impiden sintonizar la única emisora que emite en la zona y las débiles instalaciones eléctricas les han dejado sin luz desde esa misma tarde. La oscuridad de la noche sólo es iluminada por el resplandor del cielo encapotado y por el brillo de la lluvia torrencial y el pobre Dioni es incapaz de relajarse un momento, ya que cree que en cualquier instante el agua va a entrar en la vivienda y en ese caso el duermevela de su mujer e hijos va a cambiarse por achicar agua de todas las maneras posibles.

Hace rato que no consulta ni el reloj y únicamente está pendiente de la puerta de la vivienda y la del restaurante, son de madera y no cree que puedan soportar el empuje de la riada. Los dos pequeños han ido a refugiarse con su madre Carmen y están expectantes de los acontecimientos; los golpes del virulento oleaje contra los muros de fuera y sus sorprendidas miradas por las ventanas vaticinan lo peor y han bajado con el padre para ayudar en lo que se pueda.

Todas las toallas y muebles de peso son apoyados contra las puertas como un ejercicio de resistencia, pero ya incluso empieza a entrar agua por las ventanas y eso supone que el nivel del agua en las calles supera el metro o metro y medio. Tienen la sensación de que se encuentren en un barco al que le está entrando agua por todas partes y que va a acabar hundiéndose y el impacto sonoro indescriptible procede de la puerta grande del restaurante, que acaba de ceder y se ha abierto en toda su extensión, dejando pasar el agua y el lodo sin freno alguno.

En apenas unos segundos los cuatro habitantes de la casa dan por perdido todo su negocio con mesas y sillas y demás mobiliario de su coqueta arrocería y solamente el padre en un acto heroico e irresponsable intenta aproximarse a la puerta para cerrarla de nuevo, pero la fuerza del destino es arrolladora y en un giro brusco el pobre Dioni se vio engullido por el caprichoso nivel del agua, que lo sacó del edificio y lo arrastró sin remisión hacia un lugar indeterminado sin poder ponerse a salvo o simplemente agarrarse a algo estable que le sirviera de supervivencia. Ni siquiera los gritos ni el ruido ensordecedor de la lluvia y la riada pudieron evitar que los dos hijos Vicente y Julián y su esposa Carmen vieran cómo se alejaba su padre y marido sin poder hacer nada.

Como si fuera un enorme desagüe, el bueno de Dioni sucumbió al instinto de supervivencia y murió ahogado en las primeras horas del trágico 14 de octubre de 1957. Carmen perdió igualmente la referencia de sus dos hijos y con la impotencia del ruido y la oscuridad, ninguno de los tres pudo socorrerse entre ellos y quedaron a merced del virulento caudal de la riada. Los gritos de socorro y de auxilio eran ocultados por el fragor y la velocidad y la altura del agua alcanzó la segunda planta, unos cinco metros, convirtiendo lo que había sido hasta hace un par de horas un restaurante carismático, en un barco sumergido y a la deriva.

Sin embargo, la agilidad de los siete años de Julián le permitió subir a la segunda planta y alcanzar la azotea por puro instinto de supervivencia; allí junto a la chimenea se pudo agarrar con uñas y dientes y cerrar los ojos para rogar porque todo lo que estaba ocurriendo fuese una pesadilla y, de esta manera, al abrirlos de nuevo, se encontraría con su hermano Vicente y con sus padres Dioni y Carmen sirviendo las comidas del mediodía.

Toda esa noche la pasó el pequeño Julián agarrado a la chimenea y usó su cinturón para atarse a una especie de barandilla del tejado y así evitar la caída al agua de la riada. El tiempo transcurrió de manera desordenada y cuando se atrevió a abrir los ojos buscando a su madre y a su hermano, lo único que vio fue la velocidad de la muerte en torno a él.

No pudo pegar ojo y cuando empezó a despuntar el día la lluvia cesó de repente, como si se sintiera culpable de las casi 300 trágicas muertes, aunque las autoridades reconocieran oficialmente apenas 81 víctimas. La luz de la mañana mostró con total claridad la envergadura de la tragedia y un impertérrito Julián se desató de la barandilla e inició la bajada a la segunda planta para ver si veía sanos y salvos a su hermano y madre.

Ese mismo día 14 de octubre el nivel del agua descendió de los casi cinco metros que había alcanzado durante la noche y, aunque las calles todavía no se distinguían, sí se podía diferenciar de casa en casa a los habitantes que se habían salvado.

El ruido apocalíptico de la riada nocturna había sido sustituido por el respetuoso silencio del luto que estaba por venir, ya que según bajaba el nivel del agua, los supervivientes empezaban a descubrir buena parte de las víctimas ahogadas.

Y así de esta trágica manera, el chiquillo Julián con siete años recién cumplidos se convirtió en huérfano y tuvo que empezar la enorme aventura de la supervivencia.

Su infancia es evidente que quedó truncada por la pérdida de sus padres y hermano, pero como el tiempo puede coser alguna herida, el rasgo de carácter que desarrolló más Julián fue el coraje y la autonomía. Unos tíos se quedaron responsables de su acogimiento y decidieron llevarlo a un internado de los Escolapios a las afueras de Valencia. Fueron tiempos duros, aquellos años 60 y 70, en los que el pobre Julián solía dormirse con alguna lágrima sobre sus mejillas. Muchas veces eran simples anécdotas de adolescentes en internado de varones, que no encontraban consuelo de una madre o de un padre desaparecidos.

El asunto es que tuvo que hacerse a sí mismo y es evidente que esa fuerza interior la supo trasladar a su querida hija Ana. En los primeros años del internado sobrevoló por su mente la posible vocación religiosa, más fruto de los consejos de los hermanos escolapios que por propia decisión. No obstante, al acabar los años de bachillerato y ver que sus tíos no disponían de medios para llevarlo a la universidad, llegó rápidamente a la conclusión de que con apenas 18 años cumplidos se tendría que ganar la vida sin invertir mucho dinero y tiempo. Su primer empleo fue de ayudante aprendiz en una panadería del centro de la ciudad; a aquella primera experiencia le sucedieron otras de niño de los recados y de camarero y, por fin, al cumplir los veintitantos años y gracias a su carácter ahorrador, pudo junto con un socio abrir su propio establecimiento hostelero.

No recordaba demasiado del negocio sumergido por la riada del 57 de sus padres, pero su intención era la de abrir su propio comercio al estilo de sus padres; en definitiva, sería una especie de homenaje a sus seres queridos y añorados. Ese primer bar ubicado en la pequeña y creciente localidad de

Paiporta empezó dando comidas a los obreros que trabajaban en la construcción de las primeras casas y edificios que empezaban a transformar Paiporta de pequeño municipio a ciudad dormitorio de la capital.

Su actitud emprendedora y el enorme trabajo le convirtieron en un auténtico personaje en el barrio y su don de gentes y sentido del humor le llevaron a conocer a bastantes mujeres; no obstante, la única que llenaba su corazón y tiempo era Ana. Llegó a ella porque hubo un momento en que su socio y él necesitaban ayuda en el bar y se vieron en la obligación de contratar alguien experimentado con el que pudieran repartir tareas.

Y esa fue Ana, una chica joven y resuelta, expresiva y simpática, físicamente muy delgada pero muy fibrosa y es evidente que ante tales cualidades el huérfano Julián iba a encontrar la horma de su zapato. Con ella descubrió el sentido que tiene la vida en familia, el cariño y arraigo a un núcleo cercano, la satisfacción del sentido de pertenencia y, sobre todo, el hecho de querer y ser querido por alguien complementario.

El auge del negocio fue paralelo al creciente amor entre ambos y vivieron como pareja estable hasta que la presión de la familia de Ana los llevó al altar de San Esteban en 1987, iglesia elegida por la feliz pareja puesto que había sido la más dañada por la riada del 57 y, sin embargo, había sido restaurada y recuperada para el culto católico. La razón de elegir esa iglesia bien puede imaginarse cualquier lector que fue por los recuerdos de Julián hacia su añorada familia.

Sin embargo, no estoy para contar únicamente las virtudes de la pareja y por eso veo obligado decir que ambos se dejaron llevar por el vicio consentido del tabaco que había en España en los 70 y 80, más rasgo de sociabilidad y de imitación hacia los actores y actrices americanos. En ocasiones echar un pitillo era la principal razón de que se ausentaran del bar para descansar brevemente y como todo el mundo fumaba dentro y fuera del establecimiento, supongo que esa particular atmósfera de nicotina fue integrándose en sus pulmones. De hecho, la tos seca y continua de Julián formaba parte del sonido perenne del bar, normalmente los pocos silencios eran rotos por un ataque repentino de tos y ni una vez tomó cartas en el asunto y se puso en manos de los médicos. Sólo cuando la fiebre y el cansancio hicieron mella en Julián, acudió a un especialista que no hizo más que confirmar lo que todo el mundo se temía; padecía un cáncer de pulmón muy avanzado con afectación por todo el cuerpo.

Ese diagnóstico le obligó a ceder la responsabilidad del negocio a su hija Ana, recientemente casada y con su primer hijo Jorge, que había nacido con cierto espectro autista. Corría el cercano año 2020 y la tragedia familiar se iba a cebar en toda su plenitud, ya que en apenas unos meses Julián falleció de la enfermedad pulmonar a consecuencia del tabaco y la madre Ana, quien no se había hecho ninguna revisión ginecológica, posiblemente influida por sus dificultades para quedarse en estado, se vio un bulto junto a un pecho mientras se duchaba y en vez de hacerlo público y ponerse en manos de los médicos, vivió las últimas semanas de su querido Julián, sabiendo que algo malo también la acompañaba. Y efectivamente, a la muerte del padre, le siguió el padecimiento y posterior fallecimiento de la madre con apenas tres meses de separación y a dichas pérdidas vino a sumarse el accidente de coche del joven Hugo, marido de Ana, dejándola huérfana y viuda con un hijo pequeño y con un negocio por defender.

Pero esa historia, queridos lectores, ya se la hemos contado y nuestra intención es mostrar aquella última conversación que tuvieron el padre, Julián, superviviente de la riada del 57 y su hija, Ana, que apenas conocía el origen de su familia, ya que desconocía el trágico final de sus abuelos Dioni y Carmen y su tío Vicente.

Nos encontramos en el mes de abril de 2020 y Julián se encuentra postrado en cama sabiendo que su estado es terminal; lleva varias semanas que no baja al bar y que apenas se desplaza de la cama al sofá y viceversa. Pues bien, una de esas noches en que el calor empieza a mostrarnos el cambio de estación y la llegada del primer verano, Julián necesita compartir con su hija Ana lo que sucedió aquella fatídica noche del 14 de octubre de 1957 cuando apenas contaba con 7 añitos. Lleva muchos días preparándose para poder contarlo de una u otra manera y sabe que ha llegado el momento. La joven Ana viene exhausta del bar y le dice a su padre que se ha quedado Hugo para hacer la caja y echar el cierre, ya que quiere acostar al pequeño Jorge y dar las medicinas correspondientes tanto al padre como a la madre.

Julián ha hecho el esfuerzo de permanecer sentado en el sillón del salón y le pide a Ana que le ayude a acostarse, puesto que se siente muy débil. Ambos pasan al baño y, después de asearse y ponerse el pijama, el padre le pide a su hija que, si le puede acompañar unos minutos, porque le tiene que contar algo importante. Ella se da cuenta de que no son palabras vanas y una vez acostado en su cuna el niño, vuelve al dormitorio de sus padres y los ve sospechosamente incorporados ambos sobre la cama y con gesto serio.

Comienza su madre diciendo:

– Pequeña Ana, no te asustes, pero tu padre lleva algún tiempo, quizá demasiado, queriendo contarte algo que sucedió hace muchos años en este mismo lugar. Supongo que te habrás planteado ciertas preguntas y dudas sobre tu familia y ése es el propósito de que nos acompañes un ratito.

Tras esa breve introducción, Ana tomó asiento en una butaca a los pies de la cama de sus padres. Julián, con aspecto solemne y voz entrecortada, prácticamente balbuciendo y con un hilo bajo de voz, contó de la siguiente manera:

– Hija mía, te quiero pedir perdón por lo que te tenía que haber contado hace años, pero que no he tenido la suficiente valentía para compartirlo contigo. Con seguridad el hecho de que me vea tan moribundo y enfermo es el motivo de que le haya dicho a tu madre que hoy es el día indicado para que descubras el origen de la familia.

Una apesadumbrada y expectante Ana se atrevió a decir:

– Papá, digas lo que digas, no creo que cambie mi amor por vosotros ni un ápice, pero soy todo oídos si es lo que quieres.

El pobre Julián echó un trago de agua y continuó así:

– Como bien sabes, no me gusta hablar casi nunca de mis padres y mi único hermano y cuando alguna vez me has preguntado suelo responder con evasivas. Y aunque han pasado tantos años, la herida es tan grande que me supone un enorme esfuerzo compartir lo que nos ocurrió en aquel lejano 14 de octubre de 1957. Yo apenas era un niño de 7 años feliz y contento con mis juegos y mi escuela y mis añorados padres, Dionisio y Carmen, regentaban un coqueto restaurante muy apreciado en el Grau; pues durante tres días no paró de llover y acabaron desbordándose tanto el río Turia como sus afluentes Magro y Chelva. El primero en inundarse fue el restaurante que estaba en la planta de la calle y posteriormente el agua alcanzó la primera planta, que era donde nos encontrábamos los cuatro. Son imágenes que me asaltan a diario y mi sentimiento de culpa es infernal, puesto que he llevado toda mi vida la duda de si podía haber hecho algo más por mi hermano Vicente o por mis padres. Sólo recuerdo la virulencia del agua y el momento en que tanto mi madre como mi hermano y yo quisimos agarrar la vida de quien más queríamos. Apenas puedo recordar en aquellos instantes difuminados por el tiempo y el ruido que alcancé como pude la escalera que llevaba a la cámara y me puse a salvo en el tejado de la casa, gritos de auxilio y de ayuda siguieron a continuación, pero no logré ver nunca más los ojos azules de mi madre ni la voz pícara de mi hermano Vicente. Lo demás ya lo sabes, mi infancia, el internado, mis primeros trabajos y la propiedad del local en el que trabajas y que deberás defender como la única herencia que te vamos a dejar.

El relato sumió a los tres en un solemne silencio, parcialmente roto por la emoción y las lágrimas de madre e hija. Ambas eran conscientes del propósito de dicha confesión y la pena les impedía vocalizar palabras, si bien transcurridos un par de largos minutos, Ana hija respondió lo siguiente:

– Papá y Mamá, bien sabéis que nunca he querido investigar nuestro pasado, puesto que algo me podía imaginar como delicado o difícil de contar, pero la riada a la que sobreviviste hace tantos años te tiene que servir para valorar lo que has conseguido y enorgullecerte de quienes te rodeamos. No te tienes que reprochar en absoluto, al contrario, te tienes que sentir orgulloso de haber sobrevivido y de haber creado vida a tu alrededor. Las tragedias naturales y el maldito río Turia se llevan vidas humanas, pero nos han hecho fuertes frente a la adversidad y estoy segura de que no son simples palabras, sino que somos capaces de afrontar duras realidades como tú hiciste con apenas siete años.

Por fin, el secreto había quedado desvelado y Julián podía morir con la tranquilidad de no llevarse a la tumba su continuo remordimiento; de hecho, fallecía en abril del 20 al contraer el coronavirus y padecer patologías previas respiratorias. Tras el verano fue Ana, la madre, quien contrajo el virus y junto con su enfermedad en el pecho, acompañó al bueno de Julián a la región donde nada se olvida. Y como todo drama tiene su afán, el joven Hugo mientras volvía a casa un día de otoño se salió de la carretera justo antes de llegar a Paiporta y observaba pasar la vida muy deprisa a la vez que daba varias vueltas de campana. Apenas pudo retener los ojos abiertos hasta que la primera ambulancia llegó al lugar del accidente y en un estado de semiinconsciencia del que nunca despertaría, pensó en que iba a dejar muy solos a Ana y al pequeño Jorge.

Y esa historia ya la conocemos, como bien sabéis, aunque tendremos que esperar cuatro años más para saltar con esta licencia narrativa del otoño de 2020 al de 2024, en concreto esa fecha tan señalada del 29 de octubre. Entre estos cuatro años nuestra particular heroína Ana, lejos de aislarse en su dolor infinito, se hará fuerte y conseguirá paso a paso y día a día convertirse en una mujer decidida y autónoma, muy querida y apreciada por sus vecinos y amigos y con un negocio heredado de sus padres transformado en cafetería en plena Plaza de la Cortes Valencianas de Paiporta.

Y éste es el punto en que creo conveniente concluir el relato histórico de la riada del 57 y aventurarnos en un nuevo subgénero narrativo, el de la denuncia y crítica social.

4º) NOVELA DE REALISMO CRÍTICO Y SOCIAL

En esta ocasión tenemos que volver a septiembre de 2025, nuestros personajes se acaban de casar y como regalo de bodas Ana le ha dicho a Jaime que está embarazada; por lo tanto, se inicia una cuenta atrás de nueve meses para que llegue un nuevo miembro a la recién estrenada familia. Lo que sí tiene claro Ana es que de ser varón quisiera ponerle el nombre de su abuelo Dionisio, que no pudo conocer al haberse ahogado en la riada del 57. En su fuero interno sabía que no tendría problemas para convencer a su querido teniente.

No obstante, una nueva carga se va a sumar a nuestra heroína, ya que diferentes asociaciones de vecinos y ciudadanos se están organizando con objeto de acudir a la justicia y a las instituciones y reclamar responsabilidades políticas y penales sobre la insuficiente actuación antes, durante y después de los días posteriores a la riada. Como Ana es una persona resolutiva y carismática en Paiporta, en diferentes reuniones vecinales ha sido elegida por unanimidad para representar a las víctimas de la localidad; ella sabe mejor que nadie qué se hizo y qué se podría haber hecho y encima dispone de un rasgo de personalidad adecuado para dar este paso, es autónoma e independiente. Y con esto me refiero a que va a ser tentada por las agrupaciones políticas para ser utilizada en su beneficio, pero ella está por encima de cualquier partido político y sus criterio y rigor son incuestionables para sus conciudadanos.

El único temor es que va a tener que sobrellevar la recuperación del negocio, la educación del pequeño Jorge, su reciente matrimonio y, sobre todo, los meses de gestación. Ella es una persona fuerte y sabe que no se encuentra sola; por eso es el mismo Jaime quien la empuja a aceptar la propuesta vecinal. Para ello se tiene que organizar y saber dónde va a tener que ir y, sin duda, cree que tiene una gran deuda adquirida no solo con sus vecinos, sino con sus padres fallecidos y sus abuelos que no pudo conocer. Quién sabe si no los pudo conocer por errores parecidos a los de la presente riada; no estaba dispuesta a conceder que volviéramos a cometer los mismos errores en las mismas poblaciones con apenas dos generaciones de diferencia.

Su misión como portavoz de la localidad consistía en coordinarse con otros portavoces de las diferentes poblaciones afectadas como Catarroja, Alfafar, Torrent, Chiva, Cheste, Utiel, Requena y los casi 100 municipios restantes, con objeto de dirigirse por la vía penal y judicial y, por supuesto, política y mediática. Como el empeño era inmenso y llevaría mucho tiempo en las primeras reuniones se distribuyeron los portavoces vecinales en grupos de trabajo para llegar de forma ordenada a medios de comunicación, partidos políticos, autoridades municipales, autonómicas, estatales y europeas y que el foco mediático no se fuera difuminando con el transcurso de las semanas.

Ana quedó enclavada en el grupo encargado de recoger testimonios reales de supervivientes, móvil en mano. Para ello le iba a hacer falta una buena gestión del tiempo y una correcta utilización de su agenda, contactaría con personas de cualquier edad, profesión o sexo y quedaría con ellas, siempre y cuando consintieran en que su testimonio llegara a instituciones superiores.

Una vez iniciados los contactos, he de decir que apenas recibió negativas y más del 90% de los supervivientes aceptaban la propuesta con agrado. Como tampoco se trataba de abandonar su trabajo y familia, intentó agendar dos visitas cercanas por día, así no se extendía en el tiempo y podría resumir cada entrevista junto a su marido Jaime al final de la jornada.

Llegados a este punto en que vamos a compartir con los lectores entrevistas y testimonios reales, advierto que ocultaremos sus nombres y les asignaremos números con el fin de preservar su intimidad.

El testimonio número 1 se corresponde con una mujer de mediana edad, que ha quedado con Ana a las afueras de Catarroja, prácticamente en una escombrera y ambas se sitúan en una especie de altar improvisado, que se identifica con el lugar en que fue hallado su padre cinco días después de la riada. Mientras le narra la número 1 la odisea que debió vivir su padre, no se despega de una foto del mismo, como si esa imagen le permitiera seguir contando con su presencia. Ana sabe que recordar los hechos va a emocionar y como no se identifica como periodista, sino como una vecina y víctima más, no insiste en los dolorosos o luctuosos. Por eso, cuando la número 1 empieza a imaginar los últimos momentos de vida de su padre flotando en un mar de lodo o qué fue de su cuerpo durante esos eternos cinco días que estuvo desaparecido, se le quiebra la voz y la abraza para emocionarse las dos juntas. Apenas han estado 20 minutos en el lugar que acordaron, pero el grado de confianza ha sido suficiente como para disponer de una grabación real que puede servir a quien quiera contar con ella.

Después de una cariñosa despedida, Ana se sube a su coche y se dirige a una segunda cita; en esta ocasión ha quedado con el número 2, un hombre de mediana edad, serio y muy descriptivo con los hechos. Esta cita no es al aire libre y la recibe en la puerta de una vivienda baja, en la que todavía se pueden apreciar los estragos del agua. El número 2 le enseña el nivel que alcanzó y quién vivía allí. Era su madre, una mujer de avanzada edad que en el momento en que irrumpió el agua en su casa, se encontraba sola y sin posibilidad de ponerse a salvo, se limitó a acostarse en su cama y esperar que Dios la llevara a su seno. El número 2 hace una detallada descripción de la vivienda y una perfecta narración minuto a minuto, ya que no paró de hablar por teléfono con su madre, incluso hasta cuando el agua entraba en su dormitorio. No se le quebraba la voz al contar lo sucedido, pero era la propia Ana la que pensaba en sus adentros que no soportaría otra entrevista más ese día. Después de despedirse con mutuos agradecimientos, nuestra heroína fue directa a casa para abrazar a su pequeño Jorge y besar tiernamente a su esposo Jaime, con el que compartió los dos encuentros de esa tarde, mientras tomaba atenta nota.

Al día siguiente se citó en mitad de una autopista con la número 3, una chica joven que quería mostrar a Ana el lugar en el que fue rescatada por su particular ángel de la guarda, un camionero que le abrió la puerta de su camión al verla deambulando fuera de su coche y expuesta a la crecida de la riada. Explica de manera muy visual y gesticulando, mientras pasa el tráfico por la vía y es la primera que reconoce que salvó la vida gracias a la ayuda del conductor del camión, que tenía la seguridad de que su vehículo no iba a ser arrollado. De hecho, la número 3 conoce la cafetería de Ana, ya que la ha frecuentado en alguna ocasión y ambas coinciden que este encuentro puede ser el inicio de una amistad, que cuando se comparten vivencias muy intensas suele surgir una bonita relación. Se despiden con un largo abrazo y dos besos, porque nuestra heroína ha quedado en media hora en una vivienda de Alfafar. La están esperando una docena de vecinos y el testimonio número 4 es el de una mujer de unos cuarenta años que hace de portavoz del resto. La verdad es que esta historia es digna de película de catástrofes con final feliz, ya que todos los vecinos consiguieron escapar de la riada, porque encontraron una vía de escape en el patio interior del edificio. Eso sí, cuando todos estaban reunidos y a salvo en la segunda y tercera planta se dieron cuenta de que procedentes del local del bajo, una peluquería, se oían unos golpes metálicos secos y reiterados. Uno de los vecinos bajó hasta la reja del local por la pared exterior del edificio y consiguió establecer comunicación con las dos peluqueras que tenían el agua al cuello y que se encontraban flotando sin posibilidad de salir de allí. La espera fue agónica, aunque a base de mazazos contra el muro y los ladrillos consiguió abrir un hueco por el que pudieron escapar de su muerte segura las dos exhaustas y agradecidas peluqueras. Mientras la número 4 lo contaba, Ana lo identificaba con la típica secuencia cinematográfica de suspense en que hay una cuenta atrás y un riesgo inminente. Todos le agradecieron la visita, si bien le indicaron decepcionados que no llegó ningún cuerpo de seguridad hasta pasados nueve días y que lo más negativo fue ver cómo vecinos conocidos del barrio entraban a saquear y robar en tiendas arrasadas por el agua.

En fin, pensó Ana, la naturaleza humana no deja de sorprender para lo bueno y para lo malo; somos enormemente contradictorios. Esa noche, mientras echaba el cierre de la cafetería junto a Jaime, que según salía del cuartel se sumaba a ayudar, recibía la noticia de que en un par de semanas iba a ser recibida junto con otros representantes por el presidente de la Generalitat valenciana y eso suponía que tendría que acelerar unas cuantas visitas más para disponer de sólidos argumentos frente a los políticos.

Esa noche entablaron una buena conversación los dos sobre el poder político, sobre su eficacia o inutilidad y sobre la infantil espera de muchos ciudadanos creyendo que sus vidas están aseguradas por completo por unas autoridades elegidas. Jaime, como militar de vocación que es, defendía la confianza de las personas en sus políticos, pero Ana, teniendo en cuenta sus dramáticas experiencias, había perdido toda confianza en un bien superior y sabía que si alguien tiene que ser resolutivo es uno mismo sin esperar nada de nadie.

– Cuanto más esperes de los políticos, más decepción e irritación tendrás con ellos, – se repetía.

Al día siguiente, Ana no tuvo que desplazarse a ningún sitio, ya que siguió el trabajo de campo por teléfono; en primer lugar, tenía una llamada concertada con un jefe de bomberos de Bilbao, que sería el quinto testimonio y quien le explicaba entre sorprendido e indignado que su equipo estuvo preparado para auxiliar desde el primer día en las zonas devastadas, pero que recibieron la negativa de las autoridades políticas a acudir a la zona cero, puesto que necesitaban coordinar con un mando único. Seguía narrando que esperaron directrices cinco días, pero al no haber respuesta, un grupo de voluntarios del mismo equipo de bomberos se fue a Catarroja por propia cuenta.

A continuación, tuvo una larga conversación por teléfono con el sexto testigo, el abogado de un militar que había sido expedientado y sancionado por denunciar públicamente la falta de actuación en su cuartel de Valencia. Se quejó en varios medios que habiendo helicópteros operativos los primeros días para intentar salvar vidas, no recibieron la orden de arriba para salir del cuartel. En este caso, al pobre militar de tropa se le sumaba la impotencia de no poder ayudar y la indignación por no poder hablar públicamente; por eso, su abogado como representado era el que estaba en contacto con los medios. Cuando Ana compartió con su marido Jaime este testimonio, se indignó todavía más, debido a que él mismo conocía a muchos colegas del cuartel de Valencia.

Sin embargo, sí le reconocieron en su cuartel de Bétera que a partir del quinto día sí llegaron los primeros 500 efectivos del ejército. Y lo sorprendente, le decían, era que apenas podían socorrer a los vecinos, ya que su principal misión era mantener la seguridad en las calles. A partir de la primera noche hubo numerosos robos en tiendas y evitar el pillaje se convirtió en su prioridad.

La siguiente visita Ana no pudo hacerla sola y le pidió a Jaime que la acompañara; había quedado en el cementerio de Catarroja con el que sería el séptimo testimonio, uno de los operarios de dicho camposanto y la narración además de ser dantesca pasó a ser tétrica, puesto que el agua y el lodo anegaron tumbas y varias alturas de nichos y la recuperación de restos y cuerpos había corrido por su cuenta y algún que otro voluntario llegado allí por propia iniciativa. Después de varios meses, la visión era mucho más digna y los vivos podían seguir recordando a sus muertos después de ese apocalipsis.

El abandono de las autoridades fue tan evidente que incluso no se llegó a celebrar un funeral de estado por la memoria de las víctimas y únicamente fue sustituido por una misa en la Catedral de Valencia a la que acudieron los Reyes y los familiares de las víctimas que solicitaban invitación al obispado. Esta desconsideración servía de argumento a nuestra valiente Ana para convencer a Jaime de que no podemos esperar mucha protección de las autoridades.

Todos estos testimonios formaban parte de un dossier que seguía creciendo para mostrarlo en todas las instituciones a las que pensaba ir. No me negarán ustedes, pacientes lectores, que no les asalta la rabia después de ir conociendo todos estos ejemplos de abandono e ineficacia. Tendríamos que descartar por salud mental nuestra la mala voluntad o perfidia de las autoridades, pero la inutilidad, cobardía y descoordinación venían a sumarse en cada uno de los ejemplos que iba descubriendo Ana.

El testimonio número 8 era muy curioso, ya que se trataba de una chica con evidente vocación periodística que, con cámara en mano, se pasó varios días tomando fotos y documentando la devastación de la riada y fue ella misma la que se dirigió a Ana para ofrecer su ayuda; quedaron esa misma tarde que se conocieron por teléfono en la cafetería y con sendas horchatas y entablaron la conversación que sigue:

– Encantada de conocerte número 8, pero me pregunto de dónde has sacado esa vocación de periodista – empezó una curiosa Ana, que le sorprendió que una chica que no pasaba de los veinte años tomara esa responsabilidad de documentalista.

– Encantada de conocerte, Ana, y quería empezar agradeciéndote en nombre de muchos vecinos el enorme trabajo que estás llevando a cabo y por supuesto te pido que, si me necesitas en tus tareas, cuenta conmigo. Vivo con mis padres y dispongo de todo el tiempo del mundo, pues mis estudios de grado no me quitan demasiado tiempo. Me preguntabas que de dónde procede mi vocación, pues es muy sencillo: mi padre colabora con el diario Las Provincias desde hace bastantes años como fotógrafo y yo simplemente lo que he aprendido es por imitación. El maestro es él, te lo digo de verdad.

– Querida número 8, lo que me llamaba la atención es tu edad para tener esa iniciativa y en relación con toda esta tragedia, en qué ejemplos te has centrado más.

– Pues Ana, como la devastación ha sido tan inmensa, yo me he centrado en documentar ejemplos de mala praxis en la construcción de viviendas junto a los cauces del río Magro o el barranco del Poyo, las obras públicas proyectadas y nunca ejecutadas por falta de presupuesto, la falta de mantenimiento o simplemente la destrucción de presas en la comarca y, en definitiva, algunos de los errores humanos que han contribuido a esta tragedia.

– Esa es nuestra verdadera tragedia, la de las autoridades que han tomado malas decisiones. Las lluvias torrenciales o la famosa gota fría son las responsables naturales de nuestras pérdidas humanas y naturales, pero la suma de malas decisiones y la ineptitud de las autoridades son incluso más responsables de nuestros dramas personales.

– Pero para eso ya están todos ellos protegiéndose y reprochándose unos a otros para que nada quede claro y que todo sea producto de la confusión y del sectarismo – añadió la número 8, quien, a pesar de su joven edad, tenía las cosas muy claras.

– Efectivamente, no es cuestión de ideologías de izquierdas o derechas o de administraciones autonómicas, municipales o estatales, es simplemente cuestión de que los ciudadanos creemos que quienes toman decisiones son personas expertas en las materias y en muchas ocasiones, son únicamente amigos o amigas de un cargo político y encima hacen poco caso de los que realmente saben, los ingenieros o arquitectos.

– Llevas toda la razón, Ana.

– Si dispones de tiempo, te invito a que me acompañes a mi siguiente cita; he quedado con un experto del colegio de ingenieros de Valencia, quien me interesa mucho más su testimonio que cualquier político.

– Venga Ana, cuenta conmigo – contestó una animosa número 8.

La entrevista se celebró en un parque del antiguo cauce del Turia en Valencia, ya que este ingeniero le había pedido a Ana contar con su anonimato por temor a represalias en contrataciones y concursos públicos. Nuestros tres personajes se sentaron en uno de los numerosos bancos y hablaron durante más de una hora sobre las urgentes obras hidráulicas proyectadas en 2010 que nunca tuvieron partida presupuestaria, ya que hemos sustituido lo importante por lo urgente y, como decía el número 9, sólo "nos acordamos de Santa Bárbara cuando truena". Él mismo había trabajado en el diseño para alejar el cauce del río Magro de las zonas construidas, aunque con el paso de los años en vez de ejecutarlas, se dieron nuevas licencias para estrechar todavía más el cauce del Magro. Y, por supuesto, consideraba que estas recientes construcciones habían magnificado la tragedia y desde luego se podía haber evitado en parte. Claro que con decisiones oportunas, en aquel lejano 2010 y con políticos con miras a largo plazo, no como los actuales que sólo piensan a corto plazo y si acaso a cuatro años vista; es decir, plazos electorales.

El número 9 le entregó a Ana unos planos del proyecto de encauzamiento del Magro que nunca consiguieron presupuesto de ejecución, si bien tuvo que tapar varias identidades de ingenieros y técnicos del mismo.

Otro asunto que trataron fue el de las presas, víctimas ideológicas al identificarse con obras públicas del pasado franquista. El número 9 les dijo que ya se habían desmantelado dos de ellas en la comunidad valenciana y que había dos más con previsión de ser cerradas en los próximos años, con lo que, en vez de contrarrestar próximas riadas, estábamos decididamente empeñados en perseguir riadas cada vez más destructivas.

Según volvían al coche tanto la número 8 como Ana, se miraban a la cara y compartían su pesimismo. Era desmoralizador que quienes podían mejorar las condiciones de vida de las personas, ya que las decisiones dependen de ellos, estén simplemente considerando sus intereses personales y, por supuesto, considerándonos menores de edad, que no tenemos que pensar por nosotros mismos, ya que están ellos para pensar por nosotros. La eterna minoría de edad, que denunciaba Kant hace algún que otro siglo.

Más tarde, en casa junto a Jaime, trataba esta ardua tarea desde el convencimiento de que teníamos que mejorar como ciudadanos y como personas, pero que había mucho trabajo por hacer. Sin embargo, todo no iba a ser negativo y la feliz pareja comprobaba el incremento de la caja a diario y, en definitiva, la vuelta a cierta normalidad en relación a los clientes de la cafetería. Ambos tenían la impresión de que pasadas las semanas y meses de la tragedia los hábitos y las costumbres volvían a su rutina original. El grupo de madres se reunía de nuevo para desayunar después de llevar a sus hijos a la escuela, los diferentes operarios e instaladores de todos los ámbitos coincidían a la misma hora para tomar el café de la mañana, los trabajadores de paso solicitaban con esmero el menú del día, las partidas y tertulias claramente diferenciadas; es decir, las mujeres por un lado y los hombres por otro. Todo fluía como antes de la riada maldita.

A la informal visita en apenas una semana con el presidente valenciano, se sumaban nuevas comparecencias en el Senado y Congreso de los Diputados. La propia Ana le confesaba a Jaime que sentía sensaciones opuestas; a veces sentía un orgullo de haber sido seleccionada como portavoz de las víctimas y otras veces padecía cierta responsabilidad, porque no hablaba en nombre propio, sino en el de muchas otras personas que no podían acudir a esas reuniones.

La última cita que tenía concertada antes de su encuentro en el Palacio de la Generalitat valenciana con el presidente, era con el gerente de un desguace de coches a las afueras de Valencia. En este caso, le pidió a su marido Jaime que la sustituyera a ella y que recabara información y testimonio desde el punto de vista de la reconstrucción, de los días después y de la recuperación, gestión y destrucción de más de 70.000 vehículos desaparecidos o simplemente inutilizados. De esa manera, se podía quedar en la cafetería e incluso se sentaría con el pequeño Jorge para hacer las tareas del colegio.

Y he de decir que si cabe un punto más de desmoralización es el momento de que ustedes apreciados lectores hagan un hueco para este ejemplo de inmundicia y maldad humanas. Jaime no era consciente de lo que se iba a encontrar y esa tarde calurosa del mes de septiembre, subió a casa, se cambió la ropa militar por la civil, se tomó un refrigerio con su esposa Ana y se dirigió al desguace en su propio coche. Al llegar vio cómo le estaba esperando un señor de aspecto formal y educado, eso sí, las perennes manos negras de todo aquel que trabaja en talleres o desguaces. La conversación transcurrió en un tono calmado y decepcionante a la vez, pues el testimonio número 10 había sustituido hacía algún tiempo la indignación por la rabia y desesperación, la desconfianza absoluta en el ser humano. Le contó numerosos casos de robos y pillaje de coches en funcionamiento, un oscuro y siniestro mercado negro de reventa de piezas de vehículos de alta gama, subastas de coches internacionales, llegando incluso a ocultar a los propietarios de que se iba a desguazar su coche en otra provincia, conductores que bajaban a la calle y veían que había desaparecido su turismo, etc.

Más grave todavía era el tratamiento inadecuado de los residuos de dichos vehículos, ya que, al encontrarse con tantos miles de ellos, fue imposible recoger civilizadamente combustibles, aceites o gases de los mismos. Pero, sobre todo, lo que denunciaba el número 10 era la desidia de las autoridades para coordinar la retirada de los coches e incluso la interesada voluntad de llevar miles de coches a otros desguaces. No lograba entender cómo preferían trasladar los coches a otros desguaces alejados en vez de llevarlos al suyo propio, a no ser que hubiese detrás de todo esto determinados intereses espurios.

Según relataba el indignado número 10 esta retahíla de irregularidades, Jaime no dejaba de sorprenderse y de ocultar su propia profesión de militar, pues de confesárselo tendría que tomar cartas en el asunto y ponerlo en conocimiento de sus mandos. Todo formaba parte de este caos y descontrol que se vició en Valencia el día de la catástrofe y los meses posteriores a la misma.

Cuando le resumió a su querida Ana aquel encuentro, ambos se fundieron en un prolongado abrazo de impotencia que significaba entre otras cosas, que el ser humano puede alcanzar altas cotas de perfidia y mezquindad, aprovechando determinadas situaciones apocalípticas.

En total eran ocho los portavoces de asociaciones vecinales que iban a ser recibidos por el presidente de la Generalitat en su despacho institucional. Se trataba de una reunión informal sin orden del día ni acta, aunque al final de la misma uno de los portavoces podría tomar la palabra y dirigirse a los periodistas para resolver las preguntas y el tono del encuentro. Los ocho estaban de acuerdo en que no iban a negociar condiciones y que lo importante era que se abriera un cauce de comunicación con el presidente, si bien el aire de escepticismo se había adueñado de todas sus cabezas.

Estuvieron alrededor de una hora paseando con el presidente y su jefa de gabinete a lo largo del Palacio de la Generalitat, fueron muy gentiles y cariñosos con los ocho portavoces y les fueron explicando todo el complejo palaciego y su valor histórico artístico. Casi al final, en los últimos diez minutos de encuentro, el presidente expresó unas formales disculpas por si no habían podido atender la envergadura de la catástrofe y les ofreció con una fórmula muy cercana su contacto para lo que quisieran, sus planes de reconstrucción, sus proyectos para los cauces desbordados, las infraestructuras proyectadas, el presupuesto por asignar, etc.

Mientras Ana escuchaba esta enumeración formal, se cargaba todavía de esa cortina de escepticismo y confirmaba su teoría de que la política era el arte de la persuasión con la palabra, conceptos que no son reales, deseos que no serán certezas.

El portavoz elegido por los recibidos se dirigió a unos periodistas nerviosos y expectantes; unos buscaban la defensa a ultranza del político y otros perseguían la culpabilidad del mismo. Explicó que agradecían el encuentro, la cortesía que había habido y aludió a los planes de futuro de la Generalitat en relación a la reconstrucción de las zonas afectadas.

En definitiva, Ana le argumentaba ya en la cafetería a Jaime esa noche antes de echar el cierre que había sido testigo de una reacción muy cristiana; por un lado, buscar consuelo en el prójimo y, por otro lado, desarrollar un alto sentimiento de resignación. No obstante, esta primera reunión no iba a entorpecer su trabajo de campo y ambos se fueron a descansar, ya que a la mañana siguiente había programado una cita con el testimonio número 11, el dueño de una empresa de maquinaria pesada.

Éste explicaba indignado a Ana que desde el primer día había puesto a disposición de las autoridades todas sus grúas, excavadoras, volquetes y demás vehículos, ya que podían ser los más útiles ante ese caos paisajístico. Le dijo que esperó la contestación durante tres días y que insistió en diferentes consejerías y a distintos funcionarios y que, como buen cristiano, al tercer "resucitó" y decidió ponerse a trabajar duro con sus conciudadanos a pesar de no haber obtenido ningún permiso oficial. Le mostró el margen de por lo menos 500 metros del río Magro que había conseguido limpiar junto a su socio, desplazando maleza y escombros, encauzando el barro y la tierra, ordenando el terreno, en definitiva. Por supuesto, lo había hecho de manera desinteresada y no esperaba ninguna recompensa de nadie, simplemente que no le cayera ninguna sanción por parte de las autoridades.

El testimonio número 12 le había pedido a Ana completo anonimato, ya que estaba esperando unas ayudas económicas de la consejería de agricultura, debido a que era cultivador de arroz. No le importó desplazarse esa misma tarde de finales de septiembre a la cafetería de Ana y ambos se sentaron de forma discreta en una mesa de la terraza sin nadie a su alrededor. El hecho consistía en que todas sus hectáreas de arrozales habían quedado devastadas por el barro y las cañas arrastradas por la riada, estaban completamente impracticables y no habían podido cultivar durante una temporada, ya que seguían esperando las ayudas de la consejería para recuperar los arrozales. Él mismo se había ofrecido junto con otros agricultores para intentar recuperar poco a poco cultivos, pero si lo hacían perdían toda ayuda pública al romperse la cadena burocrática de ayudas agrícolas locales - autonómicas – estatales – europeas.

Lo consideraba de locos, y como el testimonio anterior, se había dado de plazo hasta la primavera siguiente para recuperar el sistema de diques y volver a cultivar arroz, que era su único medio de vida desde varias generaciones atrás.

Ana había acumulado numerosas peticiones de personas afectadas por la riada, pero como tampoco le sobraba el tiempo y su embarazo había entrado en la cuenta atrás, hizo una síntesis y agrupó los testimonios temáticamente. En un par de días iban a comparecer en el Senado y en el Congreso para evidenciar la falta de respuesta eficaz en la tragedia y, por supuesto, no quería participar de la lucha encarnizada entre los partidos políticos, quienes no contentos con tomarnos como menores de edad, también se comportaban como chiquillos en una pelea callejera. Se había propuesto alcanzar los 20 testimonios, un número adecuado para que cualquier persona ajena a la riada se diera cuenta de la envergadura de la misma.

Así pues, esa misma tarde durante una pausa en la cafetería, se acercó a un par de comercios de la propia Paiporta; una mercería y una peluquería. Las dos propietarias eran conocidas de Ana y después de la riada, casi amigas. Ambas apreciaban mucho todo lo que estaba haciendo por el pueblo nuestra particular heroína y se ofrecieron voluntarias para dar testimonio de cómo habían sido arrasados sus dos comercios. En el caso del número 13 el local había perdido todo el género, teniendo en cuenta que se trataba de la mercería más antigua de la localidad y que disponía de un gran almacén acumulado de varias generaciones. Era el típico comercio familiar heredado de padres a hijos y cuya cuarta generación iba a ser la responsable de acabar con el negocio, debido a la Dana. Después de los primeros días y las siguientes semanas, de solicitar ayudas y de ponerle pegas, de valorar la continuidad o no, llegó a la conclusión de que estaba arruinada y de que sin ayuda institucional era imposible seguir con la mercería. Valoraba en unos 300.000 euros lo que había perdido y comenzar de cero le resultaba absurdo y por momentos algo quimérico.

Sin embargo, el caso número 14 representaba todo lo contrario; se trataba de una joven peluquera que había perdido todo su negocio de belleza y peluquería con máquinas muy costosas y mobiliario específico para tratamientos costosos.

Tras esa primera semana de bloqueo y tras la negativa a recibir ayudas directas, puesto que le ponían muchas trabas y condiciones, recibió la llamada de un ángel de la guarda, empresario valenciano, uno de los emprendedores más solventes de la comunidad, quien le ofreció de forma totalmente altruista una ayuda directa, que le iba a permitir abrir la peluquería con lo suficiente para comenzar de nuevo. Tuvo que despedir a sus dos empleadas con el compromiso de que, cuando el negocio fuera necesitándolas, volverían a sus puestos de trabajo. Después de casi un año, la número 14 se sentía orgullosa de haber reabierto y de haber progresado con el ingrediente de la importancia de una peluquería como un establecimiento de carácter social totalmente necesario para los vecinos.

Una de las iniciativas que puso en marcha Jaime en los ratos que echaba una mano en la cafetería fue la de establecer una lista con personas que hubieran participado como voluntarios esas primeras tres semanas después de la tragedia. Ya fueran clientes fijos o esporádicos, se apuntaban en la lista y dejaban su contacto y, sin duda, fue uno de los testimonios más emocionantes para Ana. Casi todos comentaban el singular recorrido por el llamado Puente de la Solidaridad, que sirvió en aquellos dramáticos días para que los afectados no tuvieran la sensación de que se habían olvidado de ellos. Esas imágenes de riadas y riadas de personas cargadas de víveres y herramientas para ayudar son las que permanecerán en la memoria de todas estas localidades destrozadas, según se vaya alejando con el tiempo la dura tragedia.

Otro de los recuerdos emotivos de Ana fue comprobar cómo en un par de meses ese "ángel de la guarda empresarial" había reconstruido los tres parques infantiles de Paiporta, incluido el que estaba junto a su cafetería. A veces le reconocía a Jaime que según pasaban los días, hacía el esfuerzo de salud mental de quedarse con lo positivo y esos dos ejemplos fomentaban la confianza en el prójimo. De hecho, nuestra feliz pareja tiene por costumbre, siempre que se lo permiten sus tareas, salir a pasear por el famoso puente. Es, entre otras cosas, su forma de agradecer a todos aquellos voluntarios su ayuda y auxilio desinteresado y numerosísimo.

Los tres siguientes testimonios estaban relacionados con historias de derrotas y olvidos, que vinieron a recuperar la desesperanza en nuestra heroína; como la del número 16, un vecino que tuvo que pagar la demolición de su anegada casa al declararse como ruinosa y hasta el momento de la entrevista con Ana no había recibido ninguna ayuda oficial, teniendo que vivir con familiares. O el espeluznante caso del número 17, un pobre vecino que había estado casi seis meses sin bajar a la calle, ya que la reparación del ascensor había sido una de las epopeyas de los edificios inundados. Este señor con movilidad reducida le cuenta a nuestra Ana que sigue teniendo pesadillas durante la noche en las que oye gritos de auxilio y personas arrastradas por la corriente.

Los dos últimos testimonios que había concertado eran sendas profesoras de colegios públicos de Paiporta y Catarroja. Las dos contaban que su trabajo había sido doble, ya que además de limpiar y adecentar sus viviendas, habían colaborado con la reconstrucción de sus escuelas, al no recibir ninguna ayuda institucional. Los colegios no podían esperar como otro tipo de edificaciones y, por lo tanto, los niños no podían aguardar eternamente en sus casas o ser desplazados a otras escuelas de otros pueblos. Las clases por videollamadas y los centros de acogida fueron parches de aquellos primeros días, pero los responsables de volver a abrir las escuelas eran los propios docentes y por eso las números 18 y 19 eran buenos ejemplos de generosa contribución a la comunidad.

Como el aniversario de la tragedia se acercaba y antes de él Ana iba a viajar a Madrid para comparecer en el Senado y en el Congreso, vio oportuno no seguir con este arduo trabajo de campo y dio por finalizadas las entrevistas. El propio Jaime le reconocía que disponía de un dossier respetable e incuestionable para la conclusión que quería manifestar a sus señorías.

Y esa tesis iba a ser breve y sencilla de entender; las víctimas de la riada no se habían visto respaldadas por las autoridades, bien por su falta de capacidad, bien por su mezquina batalla política. Y el fin que buscaba como portavoz de tantos afectados era hacer un acto de justicia, de recuerdo y de reparación moral.

5°) NOVELA ALEGÓRICA Y FANTÁSTICA

No obstante, no me gustaría alejarme demasiado de los verdaderos protagonistas de nuestra historia y, por supuesto, los políticos son los antagonistas de la narración y no pienso dedicarles muchas líneas más.

Si se dan cuenta tenemos olvidado desde hace mucho a una de nuestras víctimas más joven y vulnerable, el pequeño Jorge, quien contempla en su corta vida una tragedia detrás de otra; a la pérdida de su padre le ha seguido la riada y la reconstrucción del negocio y encima la inestabilidad emocional que supone la llegada de un "nuevo" padre. Su particular manera de percibir la realidad nos obliga a hacer el esfuerzo de meternos en su mente al más puro estilo indirecto libre con la intención de descubrir lo que está pasando por su peculiar mente.

Y creo que la mejor forma va a ser seguir la historia utilizando el subgénero fantástico al más puro estilo del maestro Lewis Carroll y por eso volvemos hacia atrás, a aquel fatídico 29 de octubre de 2024 y en concreto al momento dramático en que Ana junto a su pequeño Jorge se ven obligados a abandonar su piso bajo y refugiarse de la crecida del agua en el piso de su vecina y amiga Sofía.

Su corta edad, apenas cinco años, le impide valorar la dimensión de la tragedia y su síndrome de espectro autista va a acelerar su incomunicación con el exterior y posiblemente, como estrategia de defensa, va a sumergirse en un mundo subacuático que vamos a intentar descifrar.

Si bien Ana conseguía subir al piso de su amiga Sofía, Jorge se zafaba de los brazos de su madre y prefería dejarse llevar por el agua, ya sea por su grisáceo color o por el afán de aventura. Una vez que se encontró libre de las voces y el llanto de su madre, se desplazó libremente y con unas brazadas a favor de corriente, se encontró sumergido en un mundo desconocido; estaba rodeado de oscuridad, pero no sentía ningún temor, ya que su maestra Almudena les había leído hacía pocos días una historia de aventuras protagonizada por una chica llamada Alicia. Y esa historia le había cargado de curiosidad y valentía.

Pasados unos segundos, que bien podían haber sido horas o días, ya que en ese mundo subacuático no funcionan igual las coordenadas espacio temporales, Jorge empezó a ver a lo lejos cierta claridad y sus cómodas y ligeras brazadas le llevaron a una especie de playa muy soleada y con aguas cristalinas. La paz y el silencio invitaban a quedarse un rato descansando sin pensar lo que iba a hacer a continuación. No le extrañaba nada que apenas estuviera algo mojado después de haber nadado durante ese tiempo indeterminado y no se encontraba nada cansado.

Una vez que se repuso de su llegada, se levantó y miró a su alrededor, viendo un frondoso y cerrado bosque de árboles altos y arbustos bajos que impedían distinguir más allá de quince o veinte metros. Únicamente se abría hacia su lado derecho un estrecho sendero que le invitaba a descubrir lo que hubiera dentro de ese majestuoso bosque y, siguiendo los consejos de su querida maestra de ser siempre valiente y decidido, se encaminó hacia dentro sin mirar hacia atrás.

Nada más entrar por el estrecho sendero vio unas uvas de playa muy apetecibles y como su travesía le había abierto el apetito, allí mismo se puso a comer un jugoso racimo lleno de zumo y elixir. Mientras comía plácidamente dichas frutas vio que a unos escasos metros se encontraba posado en un alto cocotero un radiante y colorido guacamayo. Sus exóticos colores le impedían ocultarse en el bosque y el sorprendido Jorge pasó a quedarse alucinado cuando el añil y rojo pájaro le dijo en un perfecto castellano:

– ¡Bienvenido a nuestra isla mágica, pequeño Jorge!

Sus problemas de comunicación en el mundo real no funcionaban igual en aquel desconocido paraje y le preguntó al guacamayo lo siguiente:

– ¿Cómo sabes mi nombre y cómo te llamas tú?

– Ten en cuenta que vosotros no podéis vernos en vuestro mundo racional, pero nosotros desde este mundo subacuático sí podemos veros y conocemos todas vuestras desgracias y desventuras; – dijo el educado guacamayo, haciendo las veces de buen anfitrión de la isla, – me puedes llamar Guacamayo y soy el encargado de hacerte más llevadera tu visita a nuestra isla.

– Pues si sabes lo que nos ha ocurrido, estarás enterado de que ha llovido mucho durante varios días y mi madre y yo hemos tenido que salir de casa, ya que el agua empezaba a inundarla. Y al soltarme de mi madre, he llegado a esta isla y no sé cómo volver a mi casa.

– No te preocupes en absoluto; vas a estar en buena compañía y yo voy a ser quien te conduzca ante la Gran Tortuga Carey, que será la que te devuelva a manos de tu querida madre. – dijo un tranquilizador Guacamayo.

– Mi profesora Almudena ayer precisamente nos leyó un cuento muy parecido a lo que me está ocurriendo en el que una niña llamada Alicia caía dentro de un antiguo tronco de árbol y veía muchos lugares y seres fantásticos.

– Ya, pequeño Jorge, pero eso es literatura y esto es realidad. Insisto, no te asustes porque yo te voy a facilitar el sendero, aunque sí te advierto de que hay un único peligro que puede impedirte volver con tu madre; es el ataque del Caimán de siete metros. Casi mejor no te lo describo, porque igual te puedes asustar demasiado y en el caso de encontrarlo, sé de qué manera podemos sortearlo y engañarlo.

Jorge seguía saboreando uva tras uva, mientras hablaba con Guacamayo y en ningún momento se sorprendía de lo que le estaba pasando. El anfitrión le preguntó si le gustaban los cocos y le dio a probar un peludo ejemplar del que gracias a su afilado pico pudo abrir una hendidura y beber el agua de coco, fresca y dulce. El pequeño saciaba la sed de su extraña travesía y probaba sin temor la carne tersa y blanca del mismo coco.

Era sorprendente, pero el silencio que le rodeó al llegar a esa playa se tornó en sonidos de animales escondidos y de plantas expectantes. Según iba avanzando lentamente junto a Guacamayo, iban apareciendo nuevos sonidos e imágenes. El ave exótica le explicaba que ese era el único sendero que conducía a la presencia de la Tortuga Carey y que en este mundo que había alcanzado no funcionaba el tiempo, por lo tanto, llegarían pronto o tarde en función de los altos en el camino y los amigos que les salieran a su paso.

Jorge había sustituido la sorpresa del lugar por la expectación a ir conociendo personajes nuevos y tal fue el hecho cuando de buenas a primeras se interpuso en su camino una radiante Ipomoea, una majestuosa planta trepadora que lucía unos llamativos colores azules y rojos, dirigiéndose a Jorge en estos términos:

– Querido visitante, te doy también la bienvenida y te deseo que pases entre nosotros una sorprendente estancia; ya veo que no te asustan mis hojas grandes y haces bien, pues mi labor es protegerte y conducirte ante la Tortuga sin grandes sobresaltos. Como te habrá dicho Guacamayo, vivimos en una isla mágica donde las plantas, los árboles y los animales disfrutamos de nuestra compañía y únicamente padecemos la discordia del Gran Caimán, quien nos asusta o ataca cuando está aburrido y no se siente protagonista.

Esta altísima planta llamada Ipomoea acompasaba el movimiento de sus hojas con sus ramas y le envolvía a Jorge con la doble misión de dirigir su camino y de tranquilizarlo.

Y me gustaría insistir en que su autismo del mundo real había dado paso a una expresividad y elocuencia bastante llamativa. Durante su lento y seguro recorrido, el niño iba consultando con Guacamayo por las plantas y por los animales que habitaban el bosque y el fiel anfitrión le iba presentando a ambos para saciar la curiosidad.

Hubo un momento en que llegaron a un espacio más abierto en el que se erguía un solemne Mezquite, un árbol que superaba los diez metros y del que se desplazaban lentamente hacia arriba y hacia abajo numerosos osos perezosos. El imponente árbol servía de vía de comunicación principal, subían y bajaban a un ritmo cansino y el pequeño Jorge le preguntó a Guacamayo por ellos:

– ¿Por qué hay tantos perezosos y qué hacen todos ahí subidos?

– Son muchos efectivamente, pero son adorables y cariñosos. Ahora nos acercaremos a conocer a alguno y verás como son amigables. Se desplazan por este Mezquite, porque es nuestro árbol sagrado y ahí no pueden ser atacados por ningún depredador. Allí se sienten seguros y como es tan alto pueden ver con comodidad la comida y el lugar al que dirigirse.

– Pues me encantaría hablar con alguno de ellos. – dijo un decidido y plenamente adaptado Jorge.

Ambos se acercaron al sagrado Mezquite y solicitaron a un par de perezosos si podían preguntarles alguna cuestión. El primero que les contestó no tenía ninguna prisa y con una lánguida sonrisa saltó en brazos de Jorge para charlar amigablemente.

– ¿Qué quieres saber, Jorge; en qué te puedo ayudar?

– Todos sabéis mi nombre y yo no sé el vuestro. No quería interrumpir mucho vuestra tarea, pero me gustaría saber qué hacéis subiendo y bajando por este árbol.

– Nosotros no nos desplazamos por el suelo; es muy peligroso, porque los caimanes nos atraparían con facilidad y apenas nos podemos defender de sus afiladas fauces. Por eso, vamos de un lado a otro valiéndonos de los árboles altos y no me dirás que este Mezquite no es alto ¿verdad? – hablaba el perezoso como si conociera a Jorge de toda la vida.

− Ya veo que a lo largo de su ancho tronco y largas ramas podéis transportar la comida y vuestras crías. A propósito ¿qué extraña fruta es la que cargáis con enorme esfuerzo? − dijo un curioso y expresivo Jorge, cuya actitud era radicalmente opuesta al mundo real.

− Todas nuestras frutas en la isla mágica son exóticas en sabor, en color y, sobre todo, en tamaño. Ésas que ves son piñas, mangos, papayas o cocos, pero su tamaño es mucho mayor que los que hayas visto tú. − intervino orgulloso de sus frutos Guacamayo.

− Me gustaría probar alguna de ellas, si es posible.

− Bueno, dejemos seguir su camino a nuestro amigo perezoso y te aseguro que vas a tener oportunidad de probar y saborear todas nuestras frutas cuando lleguemos ante la sabia Tortuga Carey.

Los primeros instantes de sorpresa y aturdimiento dieron paso a estos momentos placenteros en los que todo lo que observaba Jorge era sorprendente y alucinante; animales que hablaban con normalidad, frutas desmesuradas y apetecibles, árboles y plantas exuberantes y coloridas. Era evidente que se encontraba muy a gusto y que apenas recordaba el motivo que le había hecho desaparecer del mundo real, pero ya habría tiempo de volver y luchar por sobrevivir; ahora simplemente se dejaba llevar por su amigo exótico.

Tenía la sensación de que según avanzaban por el sendero iban apareciendo animales de distintas especies y plantas; todo formaba parte de un escenario de película o de videojuego. Jorge no parpadeaba y no dejaba de preguntar a su amigo Guacamayo, quien sabe si era el mejor terapeuta para vencer su síndrome del espectro autista. No mostraba ningún reparo ni limitación a comunicarse con los demás, siempre que fueran animales o flora de aquella isla mágica encontrada de manera casual a través de un viaje submarino que comenzó tan dramáticamente. No obstante, el propio Jorge sabía que esa visita no podía prolongarse demasiado, ya que su madre Ana estaría preocupada, buscándole por decenas de sitios. No quería convertirse en un nuevo drama para su querida madre y albergaba la ilusión de que la Gran Tortuga Carey le facilitara su vuelta al mundo real.

De hecho, cualquier pregunta que Guacamayo respondía con evasivas o dudas, terminaba afirmando que la Gran Tortuga era tan sabia y certera que nunca le dejaría sin resolver lo que quisiera saber. Jorge no tenía ninguna desconfianza, caminaba de forma segura y miraba hacia todos lados, pues cada lugar encerraba si acaso algo más sorprendente y bello. Eso sí, seguían el único sendero libre de madreselva y laurisilva o todo tipo de árbol frondoso y alto. Llegaron a un espacio único y singular, apenas ocupaba una superficie de 50 metros cuadrados, pero todo ello era un perfecto jardín de numerosas aves del paraíso perfectamente alineadas. Dominaban las de color morado y anaranjado, pero en los extremos también se distinguían de color azul y amarillo. La cuestión es que la visión de ese mar de color causó una gran admiración en el pequeño Jorge y como todo lo preguntaba y le sorprendía, fue el propio Guacamayo quien sin esperar pregunta le dijo:

– Este pequeño jardín de aves del paraíso es un lugar sagrado para los habitantes de la isla mágica, ya que supone la perfecta alineación de la belleza y la vida. Para ti serán sólo flores bonitas, pero para nosotros significa que la naturaleza puede dar forma de animal a una simple planta. No creas que las cuidamos o cultivamos, simplemente son ellas las que manifiestan su armonía con el entorno desarrollando ese colorido tan llamativo; es decir, cuando todo en la isla es correcto y pacífico estas aves hacen crecer esos colores entre azulados y morados y cuando la isla padece algún caso de discordia los colores palidecen e incluso se marchitan y pierden su forma animal.

– ¿Y las aves también pueden hablar? – preguntó un sorprendido Jorge.

– Claro que sí, hablan cuando tienen algo que decir. Si no han intervenido hasta ahora en nuestra presencia es porque no tienen nada de lo que advertirnos.

– Entonces voy a ser yo el que les pregunte, – siguió nuestro pequeño con ese afán de conocer y examinar a la vez esa isla desconocida hasta ese día por él. – ¡Bellas aves del paraíso, me podríais decir vosotras dónde se encuentra el Caimán y qué peligros encierra?

En ese momento empezó a correr una brisa ligera que hizo moverse en oscilaciones acompasadas a todas las flores exóticas, se desplazaban a una velocidad casi musical de derecha a izquierda y después de breves pausas iniciaban el movimiento en contraria dirección. Jorge no paraba de sorprenderse y fue el Guacamayo quien le explicó el significado de ese peculiar baile de las aves del paraíso.

– Mira, Jorge, no siempre las aves hablan como nosotros podemos hacerlo y hay ocasiones en las que tenemos que interpretar su respuesta. El movimiento armonioso y acompasado significa que vamos en buena dirección y que no tenemos que temer ningún peligro, que podemos seguir sin amenaza ninguna, que la presencia del Caimán no está cercana.

– Me gustaría llevar una flor del ave del paraíso a mi madre Ana, pero no sé si se molestará el resto. – añadió Jorge como el que se quiere llevar un souvenir a su casa después de haber hecho un viaje exótico.

– Me temo que es imposible, pues nosotros debemos mostrar el respeto a la naturaleza intentando dejarla como se nos ha mostrado. Aunque sea una flor, sería una forma de quebrantar su perfecta alineación. – respondió el Guacamayo como hubiera contestado su maestra Almudena, siempre tan preocupada por el respeto al medio ambiente.

Ambos retomaron el sendero sin otra misión que la de alcanzar el centro de la isla donde se encontraba la sabia Tortuga Carey, a la que quería pedirle Jorge por la manera de volver a casa junto a su madre. Según avanzaban en el sendero, se iban haciendo presentes numerosos animales que volaban, reptaban o simplemente se desplazaban en círculos concéntricos como dando a entender que formaban parte de un coro de bienvenida de la propia Tortuga legendaria. Unas garzas más atrevidas se acercaban tanto hasta el punto de que ambos paraban el paso y esperaban que iniciaran la veloz carrera y posterior vuelo con la elegancia que las caracterizaba; los flamencos se expresaban con una lenta inclinación de cabeza como si estuvieran saludando protocolariamente a alguien de la realeza, unas rápidas iguanas se acercaban hasta la orilla del sendero y una vez que se sentían observadas, iniciaban su vuelta hacia su escondrijo y los numerosos perezosos que poblaban la isla mágica ascendían hasta la copa de los árboles para testimoniar que eran ellos los espectadores más atentos de esa singular visita de un niño valenciano.

Sin embargo, como todos sabemos, hay indicios que nos hacen presagiar que algo peligroso se cierne sobre nuestro destino y la muestra fue la aparición de unos nubarrones negros en el horizonte que se iban acercando de manera amenazante. No eran las típicas nubes de tormenta, parecían más bien telones de un escenario que se va cerrando para dejar a los actores ante el público atento.

El caso es que en apenas unos segundos nuestro pequeño Jorge y su simpático anfitrión Guacamayo se vieron rodeados por unas nubes negras que los acechaban con aspavientos envolventes. Su proximidad les impidió retomar el sendero y, aunque querían refugiarse en alguno de los árboles del camino, sólo tuvieron el acto reflejo de acercarse mutuamente para compartir esa negra amenaza que se acercaba. En el momento de ser engullidos por las nubes negras, se abrió paso entre ellas la figura solemne y amenazadora del Gran Caimán; era un ejemplar de proporciones enormes, mediría unos cinco metros y su posición vertical lo convertía en un peligro inminente. El resto de fauna y flora que hasta ese instante había sido cercano y amigable había desaparecido; teníamos en el centro del escenario una imagen negra de unas nubes que impedían la huida, nuestros dos amigos y un gigantesco Caimán que, elevado sobre su propio eje, iba a dirigirse con estas palabras:

– No me gusta que venga nadie ajeno a la isla mágica a romper nuestro equilibrio entre el bien y el mal y tu presencia entre nosotros es mal recibida. No quiero conocer ni quiero escuchar tus explicaciones y sólo te digo que dispones de muy poco tiempo para que vuelvas a tu mundo real.

– Perdone Gran Caimán, no ha sido mi intención romper su equilibrio, sigo sin saber cómo he aparecido en una playa y el Guacamayo me está acompañando para que la Tortuga Carey nos diga la manera de volver a mi casa con mi madre. – respondió Jorge con la inocencia del que está viendo normal esa serie de apariciones sorprendentes.

– Eso dicen todos los que llegan aquí y si esperas a que esa miserable tortuga te ayude, lo llevas claro. Además de lenta es poco efectiva y te iría mejor si confías en mí y te vienes conmigo a encontrar el camino de tu retorno.

Mientras tanto, desde que había hecho acto de presencia el Gran Caimán, nuestro exótico Guacamayo había perdido hasta sus colores y su pico estaba más cerrado que una tumba. Más bien, no se atrevía a decir nada que incomodase al Caimán, pues conocía de sobra qué es lo que hacía con los que le importunaban. En alguna ocasión le habían dicho que abriendo sus fauces por completo, había llegado a zamparse un perezoso o una iguana hasta el último centímetro. Bien es verdad que las leyendas circulan de forma más exagerada en esta isla mágica, pero su presencia atemorizaba y apenas se movía, ya que no quería ser engullido por un monstruo como aquel. No tenía ningún interés en que las leyendas que contaban de él pudiera protagonizarlas él mismo.

– Si esperas que os convierta en la merienda mía por lo que te hayan contado de mí, no te preocupes. Nada saben ni nada conocen de mí, pero aquí pasa algo parecido a tu mundo real; toda la gente opina y nadie conoce realmente lo que yo he podido causar en nuestra isla. – decía un incierto y desconocido Caimán.

El asunto es que ese encuentro estaba entorpeciendo el camino hacia la Tortuga Carey y nuestro pequeño Jorge empezaba a bloquearse y quedarse callado como en el mundo real. Apenas pudo balbucear estas palabras:

– Señor Caimán, no conozco si usted es bueno o malo; yo lo único que deseo es volver con mi madre y Guacamayo me ha dicho que la Tortuga es quien me puede facilitar la vuelta. No sé cuánto tiempo llevo en esta isla y necesito volver con mi madre Ana, la echo de menos y necesito estar con ella, porque no para de llover y se está inundando nuestra casa.

– Pues no nos entretengamos más y vayamos los tres a visitar a la birriosa Tortuga Carey; que ya te digo yo que, igual que mi fama es horrible, ella conserva una buena fama totalmente injustificada, pero para que veas mi buena voluntad, voy a acompañaros y así con mi presencia ningún otro habitante de la isla te va a interrumpir tu camino.

De esa manera, recuperaron el estrecho sendero el Caimán, quien iba delante por lo que pudiera pasar y a continuación Jorge con Guacamayo apoyado en su hombro derecho al estilo de los viejos piratas. Según avanzaban, los colores llamativos del ave iban volviendo a su ser y hemos de reconocer que la estampa que configuraban los tres era de un entretenido cuento infantil. No veíamos riesgo en el chico y parecía a simple vista que todos los seres de la isla querían contribuir a la vuelta sin demasiados sobresaltos.

Como el tiempo y la distancia quedaban indeterminados y eran difíciles de cuantificar, sabemos que caminaron bastante por el sendero que se extendía de forma plana y que llegados a una curva pronunciada iniciaron un ascenso continuo y circular. No llegaba a ser mareante, pero sí se dio cuenta Jorge de que ese recorrido circular servía para llegar a la cumbre, en la que confiaba que se encontrase la Tortuga Carey.

Se trataba de un camino pedregoso en el que desaparecieron los árboles y la mirada de Jorge se centró en el suelo y en el horizonte. El primero estaba formado por piedras de pequeño tamaño y por fragmentos curiosos de fósiles con millones de años; apenas andaba unos metros y se topaba con alguna forma caprichosa que se identificaba con caracolas, conchas o crustáceos o increíbles insectos. Por supuesto, las preguntas y curiosidades eran respondidas por su buen anfitrión Guacamayo. Llegó incluso a guardar en el bolsillo del pantalón la figura de una perfecta concha de un tamaño considerable y lo justificó diciendo que se lo quería regalar a su madre a la vuelta.

Sin embargo, el horizonte no dejaba de sorprender y fijar la mirada de nuestro pequeño, pues no se trataba de cielo azul o nubes blancas y grises, sino que la visión que se ofrecía ante los ojos del chico era de un horizonte anaranjado y rosáceo, como de un prolongado ocaso. Recordaba haber ido con su maestra Almudena a ver algunos atardeceres, pero aquellas imágenes se difuminaban cuando se ocultaba el sol. Sin embargo, en este curioso cielo los colores no iban oscureciéndose y las tonalidades plásticas y coloridas permanecían inalterables; se fundían perfectamente los colores rosas con los malvas y los naranjas con los amarillos.

Quizá era la razón de que el pequeño Jorge dejara de preocuparse durante un rato, ya que la exhibición de la isla mágica era un espectáculo que no había visto en su corta vida. Sobre el horizonte no le hizo ninguna pregunta a su amigo Guacamayo, pero sí le confesó que su isla era maravillosa y que se parecía a los cuentos que leía en clase su señorita Almudena.

En ese instante, las rampas empezaron a pronunciarse y la pendiente les obligó a ralentizar el paso, aunque el Caimán le animó diciendo que ya les quedaba poco, ya que la señal de que habían llegado ante la Tortuga Carey sería la propia fatiga de sí mismo. Cuando sintiera que la respiración y las pulsaciones se dispararan, aparecería sin avisar la Tortuga; por eso Jorge siguió caminando sin parar y con la confianza de que su cansancio era el comienzo de su vuelta a casa.

Y así fue cómo el pequeño apenas podía respirar, su corazón estaba a punto de estallar, las pulsaciones se habían disparado y se encontraba bastante congestionado. En ese instante, surgió del fondo del sendero circular la imagen magnánima y solemne de una enorme tortuga; se trataba, sin duda, de la Tortuga Carey. Tenía una altura que superaba los dos metros y un color verde intenso y parecía que fuese elevada por algún elevador, ya que tardó varios segundos en mostrar toda su fisonomía a los tres caminantes. Era evidente que su edad era avanzada, no sólo por su lentitud en los movimientos, sino por las numerosas arrugas a lo largo de todo su cuerpo. Sin embargo, no daba miedo su gran tamaño, más bien ofrecía respeto. Su gesto era amable y su silencio invitaba a mantenerse a la espera; además Guacamayo le indicó a Jorge que tenía que estar callado por respeto, dejando que hablara primero la Tortuga. Lo contrario hubiera supuesto una muestra de mala educación y desconsideración al ser más viejo de la isla mágica.

Como el resto de los habitantes de la isla mágica, la Tortuga conocía el nombre del muchacho y se dirigió en estos términos con una voz pausada y hueca:

– Pequeño Jorge, conozco perfectamente lo que deseas y sé la manera en que vas a volver a reunirte con tu madre, pero en nuestra isla los deseos no son gratuitos y vas a necesitar hacer algo para conseguir lo que buscas.

En ese momento, Jorge había recuperado el aliento y se atrevió a contestar con la sinceridad infantil del que se ha acostumbrado a ese mundo mágico:

– Señora Tortuga, si usted sabe lo que deseo, sabrá que echo de menos a mi madre y a mi casa y que no recuerdo nada de cómo he llegado hasta aquí. Por eso, sólo le pido que me devuelva con mi familia y con mis amigos.

– No temas en absoluto por tu vuelta, pero antes quiero mostrarte el sentido de que nos encontremos en esta isla mágica.

En ella únicamente habitamos animales de los que llamáis exóticos y, por supuesto, no nos acompaña ningún humano. Vuestra presencia serviría para alcanzar nuestra extinción y te tengo que reconocer que si tú estás entre nosotros es porque te hemos rescatado de la región de la que no se vuelve. En aquella noche aciaga del 29 de octubre y cuando tu vivienda se estaba inundando, no sé si recordarás que te soltaste de la mano de tu madre, mientras intentabais subir al piso de vuestra vecina y posiblemente no recordarás nada más, ya que en ese instante todos nosotros nos pusimos manos a la obra. No estábamos dispuestos a que fueras una nueva víctima de tu familia y consideramos que era esencial salvarte de la riada; para ello nos vimos obligados a traerte a nuestra isla mágica y, por lo tanto, quebrar las coordenadas espacio temporales a las que estáis habituados en vuestro mundo. El poco o mucho tiempo que lleves con nosotros, te habrás dado cuenta de que aquí no pasa el mismo, no lo cuantificamos y no nos hace falta. Tanto las distancias como los momentos pertenecen a vuestro mundo y no nos hacen falta aquí en absoluto.

– Ya me ha dicho cómo he llegado hasta aquí, pero yo quiero saber qué tengo que hacer para volver a casa. – añadió un impaciente Jorge que buscaba respuestas rápidas.

– Pequeño Jorge, cómo os parecéis todos los chicos del más allá, creéis que todo es inmediato y que no requiere de esfuerzo y paciencia. Lo que te va a devolver a casa con tu madre no es un gran reto que sea imposible de realizar; simplemente vas a volver a tu destruida Paiporta con el propósito de preservar el medio natural, incluyendo a los animales y a toda la vegetación de la comarca. El fin que buscamos aquí cuando nos visitáis por alguna urgencia es que toméis conciencia de vuestra responsabilidad con tu ciudad, tu pueblo o tu localidad. No tendrás que hacer nada en concreto, pero sí estarás obligado en el tiempo que te reste de existencia en el mundo de respetar al entorno cercano, tus valles y ríos, tus torrentes y playas, tus árboles y arbustos, tus animales domésticos y salvajes. No se trata de cumplir con ninguna legislación vacía de esas que soléis hacer, sino que el sentido común y la responsabilidad inunden tu presencia en tu mundo. Con ese objetivo, quedaremos satisfechos en esta isla mágica y volverás con tu madre como si nada de esto hubiese ocurrido.

– Y, señora Tortuga ¿tengo que jurar ese propósito de alguna manera? – preguntó un cada vez más inquieto Jorge.

– Aquí no funcionan los juramentos o promesas, aquí todavía nos regimos por la palabra y la voluntad de compromiso. Amigo Jorge, tienes que comprender que te rescatamos de una muerte segura y que a partir de unos momentos no recordarás nada de lo que te haya acontecido en esta isla con tu amable Guacamayo o con ese imponente Caimán. Simplemente cuando vuelvas y veas a alguno de estos animales, sentirás un cariño y agradecimiento que al resto le sorprenderá. Tú no sabrás explicar el sentimiento de gratitud que mostrarás ante los animales y en ese instante nosotros desde aquí quedaremos complacidos, pues comprobaremos que tu palabra se está cumpliendo.

Una vez dijo esas palabras la enorme Tortuga Carey inició un lento descenso en el mismo lugar del que había surgido y sin mediar palabra alguna más, mostró una sonrisa complaciente cargada de simbolismo. El destino estaba echado y la vuelta a casa se iniciaría en breve; sólo faltaban que los primeros síntomas empezaran a aparecer en el pequeño Jorge.

Y efectivamente, una vez que la Tortuga hubo desaparecido, el simpático Guacamayo inició un alto vuelo alejándose del muchacho y el Caimán se deslizó ladera abajo con una velocidad inusitada. El pequeño empezó a percibir un cansancio exagerado ya sea por la subida, ya sea por las emociones y quedó sumido en el profundo sueño de los que vuelven de la Isla Mágica; un sueño en el que los recuerdos se olvidan y simplemente despiertas algo cansado y confuso, sin siquiera la posibilidad de contar algún suceso o pesadilla.

De esa manera, Jorge despertó en brazos de su madre Ana y con la sonrisa de su vecina Sofía, apenas pudo decir:

– ¿Qué ha pasado, Mamá? ¿Sigue lloviendo?

6º) NOVELA DISTÓPICA

Pero sigamos con nuestro propósito de contar una historia desde diferentes subgéneros narrativos y por eso creo que el distópico se puede ajustar más adecuadamente a la transición con el fantástico que acabamos de presentar. Las licencias que te permiten ambos nos llevan de forma caprichosa a narrar situaciones inverosímiles y ciertamente increíbles. Si en el subgénero anterior, recurría al maestro Lewis Carroll; para esta ocasión voy a rendir mi particular homenaje a uno de los pioneros de las novelas del futuro o distópicas, Herbert G. Wells, quien nos enseñó hace muchos años a aventurar el futuro y dar verosimilitud a situaciones bastante difíciles de imaginar.

Con esa intención, vamos a viajar al año 2048, observando por la "rendija de la literatura" qué ha ocurrido con nuestra heroína Ana, nuestro leal teniente Jaime, nuestro pequeño Jorge surgido de las aguas y el fruto nacido de su apasionada relación, el joven Dionisio que ronda ya los 22 años.

Si me lo permiten, pacientes lectores, voy a comenzar contando que los deseos de Ana se cumplieron durante su embarazo y que nació un varón sano al que pusieron el nombre de Dionisio, como el abuelo que no pudo conocer Ana como consecuencia de la riada de 1957. Los tiempos cambian frenéticamente desde que se puso en marcha la revolución tecnológica y digital y me tienen que prometer que no les puede sorprender nada de lo que cuente en este subgénero, ya que nos encontramos a mediados del siglo XXI y los avances en el terreno de la inteligencia artificial son tremendos.

La infancia de Dioni, como le gusta que le llamen, ha sido cómoda y plena, ha crecido rodeado de atenciones y el cariño de toda su familia. El entorno en el que ha pasado su infancia y adolescencia es una próspera y moderna localidad de Paiporta, lejos quedan aquellos trágicos días de otoño de 2024. Ha alternado las atenciones familiares con sus responsabilidades escolares, si bien la escuela que le ha tocado en suerte es más virtual que real. A principio de los años 40 la antigua escuela presencial ha sido sustituida por la escuela virtual, en la que las ruidosas aulas y los pacientes profesores se han convertido en clases en línea o simplemente lecciones tomadas con gafas preparadas a tal efecto. Incluso los patios y el ejercicio físico se han transformado en cuidados procesos de fuerza y cardio perfectamente explicados por profesores virtuales o por robots construidos con ese fin.

Apenas han pasado algo más de 20 años desde que dejamos a nuestros personajes en plena reconstrucción de Paiporta, pero, como decimos, los avances tecnológicos se han sucedido de manera vertiginosa y Dioni ha disfrutado y padecido de los progresos y descubrimientos de la inteligencia artificial. Ni que decir tiene que el contacto físico en los patios, los juegos y gritos de los recreos, las carreras y las disculpas de los desaparecidos días de escuela han sucumbido a una nueva realidad, donde cada familia, alumno o profesorado eligen el perfil que quieren para su hijo y alumno y del resto se encarga la IA.

Pues bien, en este contexto artificial ha crecido Dioni y se ha convertido en un joven apuesto y responsable; a los años escolares le han seguido los años de formación profesional en los que ha ido construyendo una segura vocación de servicio a los demás. Niño observador y curioso, desde pequeñito siempre ha escuchado atentamente las historias que le contaban sus padres Ana y Jaime en relación a la Dana de 2024 y desde que tenía uso de razón les dijo a sus padres que quería ser bombero para ayudar a las personas que se vieran en situaciones desesperadas como lo habían estado sus padres, abuelos y bisabuelos.

Y ahora recién cumplidos los 22 asistimos al día de celebración familiar, puesto que ha conseguido aprobar las oposiciones al cuerpo de bomberos de la Generalitat Valenciana; la formación teórica ha corrido a cargo de una academia por internet que ofrecía clases no presenciales, pero la preparación física ha sido realizada enteramente por él sin apenas consejos prácticos. Todo esto le ha ocupado los últimos meses, pero piensa que le ha merecido la pena tanto sacrificio, mientras vuelve a casa o, más bien a la cafetería familiar, para contárselo todo a sus padres y hermano.

Este regreso a Paiporta desde la capital Valencia merece otra breve descripción, ya que el parque automovilístico ha cambiado enormemente en las últimas tres décadas. Los coches de gasolina y gasoil dieron paso a los híbridos y eléctricos cuando dejamos a nuestros personajes en 2025, si bien hay que contar que la revolución de la movilidad que estaba por llegar fue más extrema que la anterior, puesto que en los primeros años 30 empezaron a aparecer coches voladores, que alternaban la calzada y su tracción a las cuatro ruedas y en los actuales años 40 se generalizaron los coches lanzadera que tenían una autonomía bastante grande y que servían mayoritariamente a todos los usuarios para desplazarse en distancias cortas o largas.

Muchas veces pensó el propio Dioni en las historias que le contaban sus padres sobre la Dana y cómo acabó por tragarse miles de coches, arrastrados por el agua cual barquitos de papel. En los tiempos actuales los vehículos no habrían sido arrollados por ninguna riada y se habrían alejado con facilidad con los vuelos rasantes a 20 metros de altura.

El joven Dioni, como íbamos diciendo, vuelve a casa con la buena noticia, pero lo que desconoce es la sorpresa que le espera en la cafetería familiar, pues su hermano mayor Jorge ha conocido el aprobado por un amigo bombero y ha podido improvisar un recibimiento inesperado junto a sus padres y clientes de toda la vida.

Mientras llega nuestro nuevo personaje a la fiesta sorpresa, vamos a aprovechar para comentar los cambios que ha habido en la cafetería de Ana y Jaime. La dejamos hace 24 años en plena reconstrucción; el primitivo quiosco con algunas terrazas de Ana dio paso a la cafetería bar con cimentación en la base y con una terraza mayor y tras la devastación de aquella lejana tarde noche del 29 de octubre de 2024 en la que sucumbió prácticamente en su totalidad, pudo ser levantada de nuevo y puesta al servicio del barrio y del pueblo de Paiporta. Los siguientes años la hicieron crecer con mucho sacrificio y tesón y consiguieron el permiso para construir un edificio anexo, ampliando la terraza con quiosco para actuaciones y numerosas mesas. De hecho, era la envidia de la vecina capital Valencia y lo normal es que recibiera clientes llegados de la comarca.

Hasta el servicio de cocina y camareros ha cambiado radicalmente, ya que desde hace unos años se han generalizado en la restauración los androides, que realizan sin cansarse y sin convenio alguno el trabajo que hace 25 años ofrecían varias personas. Los primeros robots que incorporó Ana al negocio fueron carísimos y tuvieron muchas pegas y reparaciones, pero estos androides desarrollados desde los años 40 incorporaron una tecnología punta sin apenas averías. En total, Ana y Jaime disponían de cuatro androides; educados, gentiles, rápidos, eficaces y solventes en cocina, barra y servicio de mesas. Eso sí, la gestión contable, los pedidos y coordinación de la creciente cafetería seguía estando en nuestra particular heroína Ana y su leal militar Jaime.

La cuestión es que el joven Jorge está a punto de llegar al bar y su familia se encuentra escondida detrás de la barra con una improvisada pancarta que han hecho precipitadamente en la que han escrito lo siguiente: "Enhorabuena Dioni, eres un orgullo para los paiportinos".

Pero dejemos para dentro de un rato la celebración y contemos qué ha sido durante todos estos años del resto de personajes. El pequeño Jorge después de su aventura nunca recordada en la isla mágica con el Caimán y la Tortuga tuvo una infancia y adolescencia fulgurantes y se convirtió en un estudiante destacado y responsable. Eso sí, siempre atribulado a favor de los animales, su pasión llegó hasta tal punto que por supuesto estudió

Biológicas y acabó trabajando en el Oceanografic de Valencia. Sus conocimientos se convirtieron en destrezas singulares en el trato con todo tipo de animales, aunque su verdadera especialidad y tacto residía cuando se acercaba a los caimanes, tortugas y, sobre todo, guacamayos.

A veces su cercanía con estos animales al darles de comer o al tratarlos de alguna enfermedad llamaba la atención y se convertía en un espectáculo para los visitantes. Incluso había alguno que afirmaba haberlo visto hablar con los guacamayos, los caimanes o tortugas como si hablaran el mismo idioma.

En fin, hay veces en las que la literatura sirve para descifrar la realidad, pero eso es otro cantar. Su querida maestra de infantil Almudena vivió en primera persona la revolución que supuso la llegada de la IA a la escuela y le pasó como a la gran mayoría de profesores en los años 30 y 40, casi todos se convirtieron en los creadores de contenidos de la escuela virtual y otros tantos aprovecharon para dejar la profesión y solicitar la jubilación anticipada.

Su vecina Sofía siguió siendo el complemento ideal y la ayuda necesaria después de que Ana diera a luz al pequeño Dioni y los vínculos se fueron fortaleciendo con el paso de los años, existiendo una complicidad y amistad inquebrantables entre ambas familias. Es fácil interpretar que parte de ese vínculo no solo procedía de su vecindad, sino que principalmente se debía a haber vivido con tanto dramatismo aquella maldita noche del 29 de octubre de 2024. En muchas ocasiones, la propia Ana le confesaba a Sofía que si no es por su rápida intervención se habrían ahogado tanto ella como su pequeño Jorge.

Lo que nunca lograrán saber es que Jorge fue salvado por otros personajes fantásticos y que llegó a sus brazos en circunstancias que no han podido descifrar a lo largo de los años.

Todos sus familiares y amigos se encuentran esperando escondidos dentro de la cocina y únicamente los cuatro robots están alineados a la entrada de la cafetería para dirigir a Dioni a la fiesta sorpresa. Cuando estaciona el vehículo volador en una de las plazas del aparcamiento al aire libre, empieza a percatarse de que algo extraño sucede; no hay nadie sentado en la extensa terraza, ninguna mesa está ocupada por clientes como habitualmente en cualquier otro día. Le escama sobremanera que todo esté en silencio y quietud y según se acerca a la puerta principal, uno de los androides le saluda con su fórmula gentil y le pide que le acompañe dentro. Dioni entra con la seguridad de que algo raro va a ocurrir y los otros tres androides le acomodan en un asiento, le muestran la carta y le toman nota.

No para de mirar en todas direcciones y se da cuenta de que ni siquiera está sonando la música que normalmente ameniza el confortable local. Es media tarde y ha pedido una horchata fresca acompañada de un par de fartons típicos de Paiporta y saca su reloj inteligente para llamar a su madre y decirle que ya está en la cafetería y que le quiere dar la buena noticia. Se coloca los auriculares para establecer la comunicación, echa un primer trago de horchata fresca y cuando empieza a oír los tonos del teléfono de su madre, de repente se da cuenta de que es la propia Ana la que le contesta en persona junto a él:

– ¡Dígame! – suelta una sonriente Ana que aprovecha para abalanzarse sobre su hijo y abrazarle vehementemente.

Detrás de Ana, vienen su padre Jaime, su hermano Jorge y el resto de amigos y conocidos, quienes portan la pancarta. Entre aplausos y vítores, Dioni toma la palabra y agradece de verdad a todos los presentes y ausentes esta celebración sorpresa. Después de esos minutos de euforia y alegría, empiezan a circular deslizándose a lo largo del salón de la cafetería los cuatro androides colocando los aperitivos y bebidas sobre las mesas.

Perdonen que les indique que la hostelería ha ganado en velocidad y precisión desde que llegaron estos robots a hacer las tareas de los camareros, aunque les falta indudablemente el aspecto humano y psicológico que tenían los buenos camareros en un pasado no tan lejano.

Durante la merienda improvisada como fiesta sorpresa, cruzan todos nuestros personajes conversaciones de satisfacción y alegría; destacan el acierto y capacidad de Dioni al haber conseguido plaza de bombero en el primer intento ante las duras y exigentes oposiciones, pero sobre todo valoran el carácter humano del joven. Su madre está orgullosa y emocionada por tantos recuerdos, su padre satisfecho de conseguir que su hijo continúe con la vocación de servicio público como él, su hermano alardea y presume de hermano sin pelos en la lengua. Quién diría hoy en día que durante su infancia fue diagnosticado de espectro autista con dificultad en la comunicación. Según fue creciendo y aficionándose al cuidado de los animales, fue desapareciendo ese síndrome, siendo los propios animales quienes le enseñaron a comunicarse con total fluidez.

En el momento en que empiezan a servir las copas de cava y brindar por el logro conseguido, es Jorge quien le pide a su hermano que hable a los asistentes. Dioni está abrumado y nervioso, pero sabe perfectamente que sus palabras van a emocionar a sus queridos padres, aprovecha para tomar un pequeño trago, hacer una breve pausa y decir lo siguiente:

– ¡Queridos presentes, familia y amigos! He de reconocer que no me lo esperaba; no creía en absoluto que supierais que había conseguido una plaza como bombero valenciano. De hecho, es hoy mismo, esta mañana cuando han salido las notas y apenas hace un par de horas me lo han notificado. Ya me enteraré quién ha sido el informador, aunque me temo que ya lo conozco y que se encuentra a mi lado. Os confieso que estoy muy contento, bien me conocéis y sabéis que he estado muchos meses y años persiguiendo este objetivo. No es sólo que admire esta profesión, es que os reconozco que salda una deuda familiar. Con mi vocación y mi profesión de bombero pienso contribuir a evitar todas las tragedias venideras en los lugares donde sea destinado y quién sabe si desde el cielo mis bisabuelos Carmen y Dioni, que murieron en la riada de 1957 o todos nuestros vecinos y paisanos víctimas de la riada de 2024, se sentirán igualmente orgullosos de que un paiportino pueda ayudar para que no vuelva a sacudirnos más ninguna riada como las que han marcado nuestro destino.

Mientras pronunciaba estas palabras, todos los presentes recordaban tiempos pasados trágicos y a todos los conocidos que sucumbieron en condiciones tremendas sin apenas auxilio y en situaciones de soledad y desamparo extremo.

Después de la fiesta en honor al joven Dioni, flamante nuevo bombero, sus padres Ana y Jaime caminaron como hacían casi todas las noches recordando aquella en que se besaron por primera vez, a lo largo del barranco del Poyo. La imagen de devastación de 25 años atrás contrastaba con el modélico urbanismo que había tenido en los años 30 y 40. La gran obra hidráulica de desvío del cauce y la recuperación de esos terrenos para construir edificios inteligentes, capaces de soportar cualquier lluvia fría de finales de verano o cualquier nueva catástrofe natural. Edificios construidos con materiales ignífugos y antihumedad que transforman su fisonomía e incluso que pueden moverse en función del riesgo que les aceche. Toda esa evolución arquitectónica había sido observada y admirada por el matrimonio y por eso les gustaba pasear al final del día o en momentos importantes a lo largo de ese barranco ya desaparecido. Se trataba de un lugar que les facilitaba el recuerdo y que les confirmaba en el tremendo esfuerzo que hicieron aquellas semanas.

Jaime ha tenido una ascensión dentro del Ejército acorde a sus méritos y tras sus logros en la Dana y diversos destinos más, consiguió con cierta facilidad el cargo de capitán y años más tarde de comandante. Al borde de los 60 se ha dedicado a prestar servicio en la nueva defensa nacional, preocupada en su totalidad en responder a amenazas de guerra híbrida. Atrás han quedado las guerras cuerpo a cuerpo y en los últimos veinte años los conflictos internacionales han obligado a todos los departamentos y ministerios de defensa de los países occidentales a desarrollar armamento tecnológico, empezando por drones no tripulados por personas y, sobre todo, continuando por ataques indiscriminados de carácter cibernético.

Al propio Jaime estos cambios le vinieron muy bien, ya que él siempre había sentido curiosidad por las guerras tecnológicas y le parecía insólito en su juventud que se paralizaran instalaciones clave o regiones y países enteros a cuenta de un ciberataque. Empezaron siendo sabotajes a pequeña escala en aeropuertos o puertos o redes de distribución de gas y electricidad, pero en la década de los treinta esos actos se generalizaron entre naciones enfrentadas, con lo que los tradicionales ejércitos de tierra, mar y aire se habían ido adaptando a los nuevos tiempos y sus necesidades. Jaime se especializó en el desarrollo de barreras tecnológicas que permitieran no sufrir un ciberataque a gran escala. Si a principios de siglo se desarrollaron escudos antimisiles, ahora lo urgente era construir escudos tecnológicos que permitieran a las naciones occidentales vivir con seguridad.

Siempre llevó bien y compatibilizó su profesión de militar y su dedicación a la familia; no había día que no echara horas en la cafetería y que fuera él mismo quien instruyera a los robots camareros y cocineros que trabajaban con ellos. Los nuevos proyectos y destinos de defensa no iban tan encaminados a marcharse al extranjero como desarrollar nuevas aplicaciones informáticas que les permitieran mantener una alta seguridad en el país.

Si me permiten, voy a eludir mencionar las guerras que tuvieron lugar en los pasados años 30 y 40 dentro y fuera de Europa, pero seguro que todos ustedes estarán pensando en un gobernante ruso que siguió poniendo en jaque a todo el orbe internacional; si bien los bombardeos, provocaciones y maniobras físicas sobre el terreno fueron paulatinamente desapareciendo y dando paso a otro tipo de ataques menos previsibles y que eran capaces de bloquear países enteros en apenas unas horas.

No era un asunto que soliera tratar en familia Jaime, pero los que le hemos conocido sabemos que es uno de los mejores informáticos españoles al servicio de la seguridad nacional. Entre sus logros se encontraba el famoso escudo cibernético que había puesto en marcha en todas las instalaciones milita-res estratégicas dentro de España. Todos esos logros tuvieron recompensa en sus nombramientos como jefe; de hecho, lle-vaba unos meses disfrutando de su cargo de coronel. Y por mucho que su fiel esposa Ana o sus hijos Jorge y Dioni le preguntaran por una nueva tarea, el propio Jaime siempre eludía la explicación, aludiendo a motivos de seguridad na-cional. Su labor era tan apreciada y valorada en el ejército que él mismo sabía que únicamente podía contar la décima parte del proyecto que tuviera entre manos.

Para él llevar a cabo la contabilidad, burocracia y sistemas de seguridad de la cafetería, además de sencillo, le servía de entretenimiento y desde que compraron esos androides para trabajar en el establecimiento, el propio Jaime sentía que dis-ponía de más tiempo para la familia.

Una de las aplicaciones más populares que había desarrolla-do en la cafetería era la puesta en marcha de unos drones especializados en la recogida de las terrazas al final del día; en los primeros días venían expresamente muchos vecinos y curiosos para alucinar con ese rápido sistema de recogida y colocación de sillas y mesas apiladas de manera perfecta. El propio Jaime equipado apenas con un ordenador y unos auriculares era capaz con cinco drones de recoger las terrazas en menos de diez minutos.

Una familia respetada y valorada por todos los convecinos desde los tiempos que todos conocemos; otra cuestión es nuestra querida heroína Ana, quien además de vertebrar la novela, cohesiona su familia y su entorno.

Mención aparte merece su comportamiento como representante de las víctimas durante los años que duró la investigación de la Dana. Ya vimos su trabajo de campo y todos los testimonios que fue recabando sirvieron para crear un estado de descrédito sobre la clase política que afectó en los siguientes años. Es evidente que ella no fue la única ciudadana de bandera que desarboló a unos políticos únicamente interesados en sus intereses personales, pero sí he de reconocer que la popularidad que fue creciendo a su alrededor se extendió a otros lugares del país, modificando totalmente el enquistado panorama político de los años veinte en España. Las elecciones que se celebraron después de la Dana evidenciaron que los votantes habían perdido toda la confianza en sus líderes y ni siquiera las campañas electorales o los medios afines consiguieron que las personas en edad de votar recuperaran algún interés por sus políticos. El porcentaje de voto era cada vez más ridículo y cada elección autonómica o general venía a ratificar que los partidos tradicionales o los populistas emergentes habían pasado a la historia.

No vayan a creer ustedes que ese cambio fue rápido y negativo; o que se instituyó en España una nueva dictadura sin derecho a voto. La cuestión era que, existiendo el derecho a voto, nadie estaba interesado en elegir a unas personas que habían dado tantas muestras y ejemplos de ineficacia y perfidia. Hubo un caso bastante sintomático en las elecciones generales de 2035, en las que apenas fue a votar el 10% del censo electoral y a partir de esa ridícula cifra los representantes políticos de todas las instituciones entendieron que la propia ciudadanía les estaba dando de lado sin necesidad de manifestaciones o revueltas.

Hubo diferentes iniciativas para recuperar la confianza de los electores y su voto; se llevó a cabo una segunda Transición al estilo de la del siglo anterior, pero ninguna consiguió tener éxito como para volver a recuperar el respaldo de unos ciudadanos que acabaron hartos y engañados de que les utilizaran como ganado cautivo sin criterio y sin opinión propia.

El caso es que por unas razones o por otras se fue dando la vuelta a la tortilla poco a poco y pasamos de que la política y los políticos inundaran y se apoderaran de todas las instituciones públicas del Estado como la educación, la sanidad, la economía, la sociedad, las infraestructuras, el medio ambiente, el ejército, las autonomías y absolutamente todo; a que todas estas facetas de la realidad nacional empezaran a ser gestionadas por técnicos de la materia; es decir, los altos cargos de educación empezaron a ser profesores de diferentes etapas, los responsables de la sanidad fueron médicos y especialistas en las nuevas tecnologías aplicadas a la salud, la economía empezó a ser diseñada por economistas de experiencia y sin afinidades políticas y los ingenieros de mejor prestigio diseñaron planes de infraestructuras sin llevarse mordidas en los contratos.

Lo que resultará más difícil de creer a ustedes es que los responsables de los territorios dejaron de interesarse solamente de los aspectos propios y empezaron a tomar interés por los aspectos comunes a todas las autonomías; ningún territorio se consideraba más que otro y el principio de igualdad se extendió como una dulce pandemia por todos los ciudadanos del país.

Se preguntarán cómo fue cambiando este estado de opinión en apenas veinte años; pues bien, gracias a personas como Ana, fiel trabajadora, mejor madre y esposa y modelo de heroína, fueron apareciendo imitadoras dispuestas a seguir con generosidad y solidaridad hacia los demás. El largo proceso judicial de los siguientes años desgastó tanto a la opinión pública que no hizo falta que surgiera un liderazgo revolucionario que moldeara las cabezas a su gusto; simplemente otras tantas Anas y otros tantos Jaimes fueron apareciendo y vertebrando el panorama español de las siguientes dos décadas.

Fue curioso ver la desaparición de la casta política con agrupaciones y partidos, con los últimos representantes intentando salvar sus cargos con sueldos y privilegios; asesores y concejales, consejeros y diputados; todos ellos fueron extinguiéndose sin solución de continuidad, si me permiten la licencia cinematográfica, fueron desapareciendo como lágrimas en la lluvia.

Pero no quiero aburrirles con este final esperpéntico de la clase política; lo que quiero realmente es contarles que Ana después de esa representación de las víctimas de Paiporta en diferentes foros, siguió colaborando con vecinos de la localidad y con las poblaciones afectadas. Y ahora rondando los 60 años, mientras disfrutaba de una estabilidad emocional y profesional, pensaba que todavía le quedaba por hacer algo más, de ahí que durante sus paseos por el antiguo barranco del Poyo con su marido Jaime fuera dando forma a su siguiente proyecto.

Corre el 29 de octubre de 2048 y ambos personajes pasean lentamente a lo largo del pletórico barranco; se ha convertido en una calle de referencia con casas y adosados de diseño, todos ellos con materiales y arquitectura inteligente y mecanizada. De hecho, han recibido premios internacionales de diseño urbano sostenible y para no olvidar su pasado, hay un museo al aire libre de fotografías sobre sus sucesivas transformaciones. Las pantallas led que se prolongan a lo largo de la calle sirven para hacerse una idea de su evolución; la precariedad e irregularidad de viviendas de los años 60, la alineación medianamente ordenada y los materiales como el ladrillo y el cemento de los 80, la construcción exagerada previa a la riada a principios del siglo XXI, la devastación y destrucción de octubre del 24, la reconstrucción paulatina y eficaz de los años 30 y por último, las pantallas con hologramas proyectados que explicaban detalladamente los nuevos materiales constructivos y las medidas inteligentes desarrolladas en las viviendas.

Nuestros dos personajes solían caminar y charlar a lo largo del desaparecido barranco; aprovechaban esos metros de paseo para consultar y tomar decisiones sobre su proyecto de vida en común.

No obstante, esa noche del 29 de octubre sus emociones les estaban asaltando con más facilidad y los recuerdos les acercaban de nuevo a la tragedia que habían vivido en primera persona. Muchas veces habían comentado entre ellos que gracias a la riada se habían conocido y habían podido desarrollar su proyecto en común.

Entiendo que ya los conocéis bastante como para que no os sorprenda lo que voy a contaros a continuación; es evidente que no son personajes temerosos con miedo al cambio y que han sabido afrontar cada uno a su manera los grandes retos con los que te asalta la vida, pero hay una apuesta en particular a la que no podemos vencer, la del tiempo.

Ambos rondan los 60 años y profesionalmente difícilmente van a seguir alcanzando nuevas metas y logros; nunca aspiraron a grandes puestos ni buscaron intencionadamente reconocimientos públicos. Lo poco o mucho que habían conseguido había llegado sin pretenderlo y como producto de su tesón y valentía. Tanto Jaime en su cuartel de Bétera como Ana en su localidad de Paiporta eran personas queridas y apreciadas y no perseguían un nuevo reconocimiento, aunque en su fuero interno demandaran un nuevo reto por realizar.

Y así llevaban varias noches dando vueltas a la inevitable decisión de solicitar el pase a la reserva por parte de Jaime y el traspaso del negocio de la cafetería de Ana a favor de sus hijos Jorge y Dioni. Según conversaban, la decisión se iba haciendo firme, pero ambos no deseaban prescindir de sus principales ocupaciones para ser personas ociosas sin más. No formaba parte de sus personalidades disfrutar de una jubilación de viajes y de vida social y todavía se sentían en deuda con la comunidad de Paiporta y con la trágica riada del 24.

Esa fatídica noche del 29 de octubre los acompaña una luna radiante, que les observa con la curiosidad de alguien que sabe que va a escuchar algo importante. Más que caminar, pasean con innumerables pausas, como si cada parón que hacen les permitiera ver con más clarividencia lo que les queda por cumplir. No les hace falta tomar ninguna nota, simplemente caminan, conversan y analizan lo que han conseguido y lo que podrían alcanzar. Es verdad que ya no se ven necesarios en la cafetería, debido a los avances tecnológicos con los ejemplares robots y con la responsabilidad de sus dos hijos; ambos jóvenes han logrado satisfacer sus propósitos profesionales y acuden a la cafetería a coordinar el trabajo, como han hecho Ana y Jaime en los últimos 30 años.

El propio Jaime le confiesa a Ana que su eficaz labor tecnológica en el cuartel ya la hacen mejor que él las nuevas generaciones de informáticos y, por lo tanto, su ausencia sería comprendida sin muchas suspicacias o traumatismos.

No sólo los acompaña esa luna observadora, sino que también los escucha atentamente el silencio de las grandes ocasiones. Y el momento clave de su conversación bien pudo ser de la siguiente manera:

– Creo Jaime que ha llegado el momento de que demos un paso atrás en nuestros trabajos y que nos centremos en un nuevo proyecto de servicio a los demás, conociendo nuestras propias limitaciones de la edad; no somos tan jovencitos como cuando nos conocimos en este mismo lugar.

A lo que Jaime respondió con una amplia sonrisa:

—Cualquiera que te oiga creerá que están charlando dos ancianitos sobre qué residencia les gusta más; pero sigue, Ana, que me encanta oírte cuando te pones reflexiva y lo compartes conmigo.

– Aunque ya sabes que mi propuesta no sirve de nada si no la hago tuya; hasta ahora hemos compartido todo lo bueno y todo lo malo a lo largo de nuestra vida en común y sería ridículo que con nuestra edad empezáramos a tomar decisiones por separado. – dijo una segura Ana.

– Pues dispara, Anita, aunque puedo presumir de conocerte algo y sé por dónde van los tiros. –respondió un sonriente Jaime.

– Llevo algún tiempo dando vueltas a una nueva idea que conllevaría nuestro paso a un lado en nuestros trabajos. Tú bien sabes que ya no somos imprescindibles y que podríamos ser sustituidos sin dificultad tanto en tu cuartel como en nuestra cafetería. Pero estamos en disposición de empezar un proyecto muy bonito que serviría a las nuevas generaciones de paiportinos, valencianos y españoles.

Según avanzaba en su explicación, Jaime prestaba más atención y la miraba a los ojos como cuando tenían 30 años, ya que tenía la certeza de que iban a embarcarse en una nueva aventura.

– Te decía que somos mayores para unas cosas, pero somos todavía muy jóvenes para otras que dejen huella. Ni tú ni yo nos hemos dedicado nunca a escribir, pero estoy convencida de que nuestra historia tiene mucho que contar, que sería enormemente atractiva para los lectores. Verían en nuestra aventura la continua lucha del que no se rinde nunca, aun viviendo las peores tragedias. Antes de conocerte a ti, luchaba por inercia y por mi hijo pequeño Jorge, pero desde que te conocí el 30 de octubre de 2024 he aprendido a luchar por los demás y estoy convencida de que nuestra energía puede arrastrar a mucha gente a entregarse por causas justas.

– Joder Ana, cuando te pones así te recuerdo en tus comparecencias ante el Senado o el Congreso hace 25 años. – contestó un satisfecho Jaime.

– Mi única duda es de qué manera crees que debemos escribir nuestra historia; si recurriendo a la inteligencia artificial como hacen ya todos los escritores o intentar recuperar la antigua y olvidada forma de contar las cosas, como se hacía antes; es decir, en tiempos pasados.

– Buena pregunta, Ana, por comodidad yo te diría que es mejor contar con cualquier aplicación de IA, pero por responsabilidad y deuda con nuestros antepasados debemos contar nuestra historia como las escribían Cervantes o Galdós. – dijo con seguridad Jaime.

– Así lo haremos ahora que vamos a disponer de todo el tiempo del mundo.

FIN